一郎

怖い俳句

GS
幻冬舎新書
268

まえがき

俳句は世界最短の詩です。

と同時に、世界最恐の文芸形式でもあります。文芸のなかのさまざまな形式が「どれがいちばん怖いか」という戦いを行ったとしましょう。最後に勝利を収めるのは、おそらく俳句でしょう。

俳句の怖さは、その決定的な短さに由来します。語数が足りない俳句においては、たとえ謎が提出されても、委曲を尽くしてその謎を解くことができません。逆に、仮に解決めいたものが記されていたとしても、今度は謎が何であったか淵源へとたどることができなくなってしまうのです。

その結果、なんとも宙ぶらりんな状態が残ります。謎が謎のままに残る小説や詩などもむろんありますが、説明が付与されない不安、ひいてはそこから生まれる怖さということにかけては、俳句の右に出る形式はないでしょう。

本書では、そんな「怖い俳句」を紹介していきます。照明を落とした美術館の回廊を巡っていくように、一句ずつ怖い俳句が目の前に現れていきます。

芭蕉から現代の若手の作品まで、配列はゆるやかな時代順になっています。ただし、俳句の傾向および流れも考慮した並びになっていますので、発表年もしくは（昭和を例外とすれば）作者の生年順といった厳密な配列にはなっていません。

それぞれの作品に付されているのは、学芸員《キュレーター》による音声ガイドのようなものです。鑑賞のよすがになるものとして、私なりの読みを披露させていただきました。批評の専門用語《ジャーゴン》は極力用いず、自分の言葉で平易に語ることを心がけたつもりです。

鑑賞する主体によって、感じる怖さはおのずと違ってきます。なんらかのかたちで日常を侵犯するもの、もしくは異化するものでなければ、人が恐怖を感じることはありません。ただし、日常とは構造の異なるものに遭遇したとき、人間が覚える感情は恐怖だけとは限りません。「笑い」もまたそうです。恐怖と笑いは紙一重、同じテキストであっても、怖がったり笑ったり、反応は読み手によってまるで違ってきたりします。

本書に掲載されている俳句に接して、すべてを怖いと思われる方はまずいないでしょう。怖さのツボは人によって違うのですから。しかし逆に、怖い俳句がまったくないという方もありいないに違いありません。

　俳句という形式は決定的に短いがゆえに、その言葉は深いところにまで届きます。怖い俳句の言葉は、時として人間という存在、その実存の本質、さらには世界の秘められた構造にまで深く響いていくのです。

　俳句ならではの怖さがあります。本書をひとわたりお読みになれば、怖い俳句でなければ味わえないある種の感動を得られるのではないかと期待しております。

　なお、鑑賞が眼目につき、俳句史および作者についての解説は、紙面の関係上、最低限にとどめざるをえませんでした。さらに詳しいことをお知りになりたい方は、巻末の引用文献と参考文献に就いていただきたいと思います。

　また、新書という媒体を考慮し、引用句の難読語には適宜《てきぎ》ルビ（追加ルビは新仮名）を補いました。逆に、総ルビの一部文献については易読《いどく》のものを省いたことをお断りします。

怖い俳句／目次

第一章　芭蕉から子規まで

稲づまやかほのところが薄《すすき》の穂

松尾《まつお》芭蕉《ばしょう》

俳聖《はいせい》芭蕉の怪奇趣味を代表する一句。骸骨《がいこつ》たちが能を舞う怪しい画に感じ入って作られた句です。幽霊画に触発された句は、近代に入ってからも作例が少なくなく、正岡子規の前期作品にも散見されます。

「言ひおほせて何かある（すべてを言いつくしてしまって、何の妙味があるだろうか）」とは芭蕉の俳言の一つですが、これは怖さを醸成する場合にも当てはまります。「怖がらせるには、まず隠せ」といったところでしょうか。

本句では、怪しい顔がちょうど薄の穂で隠されています。あからさまに描写されていないがゆえに、読み手はその部分をおのずと想像してしまいます。不安な欠落を負の想像力が補うとき、恐怖が発動するのです。

　いなづまや闇の方行《かたゆく》五位の聲

芭蕉の稲妻の句から、もう一つ。これも凄味のある句で、五位鷺《ごいさぎ》の声が伝わってくるかのようです。

重要なのは背景の稲妻です。稲妻はこの世に亀裂を走らせ、あの世の消息を伝えます。後世に〈いなびかり北よりすれば北を見る　橋本多佳子〉という秀句がありますが、稲妻はある種の啓示をもたらすのです。

闇を切り裂く一瞬の光は、あの世とこの世をつなぐ架け橋のようなものです。稲妻が閃《ひらめ》くことによって、世界それ自体が持つ堅牢さが揺らぎ、おのずと不安が醸成されます。そういった下地があるがゆえに、怪異の主体がより活きてくるのです。

夜ル竊《ヒソカ》ニ虫は月下の栗を穿《うが》ツ

これは江戸初期の前衛俳句とも言うべき新奇な談林調の一句。新感覚派の旗手で俳句にも熱心に取り組んだ作家の横光利一に〈蟻台上に飢ゑて月高し〉がありますが、この句の虫のクロースアップもなかなかの鬼気を醸し出しています。

いきながら一つに氷《こほ》る海鼠《なまこ》かな

この世に生きる小さきものの哀れさをしみじみと詠んだ句でもあるのですが、「生きながら凍ってしまう」という認識のショックが戦慄をも生みます。蕉風、怪異に遠からず、というところでしょうか。

綱が立ってつなが噂の雨夜かな

宝井《たからい》其角《きかく》

綱とは渡辺綱《わたなべのつな》。源 頼光《みなもとのよりみつ》に仕え、大江山の酒呑童子《しゅてんどうじ》や羅生門の鬼などを退治したという伝説をもつ平安時代の武将です。

むかしがいまと違うのは、闇の深さ。蕉門きっての技巧派の其角は、魑魅魍魎《ちみもうりょう》の棲む闇だまりの恐ろしさを、怪異を直接に表現せずに伝えるという離れ業を演じてみせました。「かな」という切れ字は用いられていますが、「綱が立つて」のあとに大きな時間的な懸隔（切れ）があります。怪異ばかりでなく、渡辺綱もこの場にはいません。その眷属《けんぞく》か、あるじの頼光たちか、いずれにしても綱を見送ったあと、果たして首尾はどうか、ひょっとしたらいまごろは鬼に食われているのではなかろうかと案じながら、声をひそめてその噂をしているのです。その雨夜の重苦しさが伝わってくるかのようです。

雨夜の闇があり、その奥に渡辺綱が怪しきものと格闘するさらに濃い闇があります。二つの闇の濃淡が、少し遅れて怖さを醸し出す秀句と言えるでしょう。

狼の声そろふなり雪のくれ

内藤丈草《ないとうじょうそう》

むかしの深い闇に潜むものは魑魅魍魎ばかりではありません。さまざまな野生の獣も、声が聞こえるところに潜んでおりました。

一匹だけならいい。そろってはいけない。切にそう思います。

漢字もそろうと字面が恐ろしくなります。一匹の「虫」なら愛らしくも感じられますが、「蟲」はにわかにおぞましくなります。「馬」はただの動物ですが、「驫」になると思わず逃げ出したくなってしまいます。

「狼」を三つ重ねた字はありませんが、想像するとやはりひどく厭《いや》な気分になります。ましてや吠えられたら、これはたまりません。折しもあたりは雪、さらに夕暮れ、どこにも逃げ場がないではありませんか。

一匹だけならいい。そろってはいけない。

狼の声がそろう、その一瞬が鬼気迫る句です。

月涼し百足《むかで》の落る枕もと

槐本之道《えのもとしどう》

獣の次は虫です。これまたむかしはいまと数が違いました。足が欠落している蛇などに嫌悪感を覚えるか、逆に過剰なほうが気味悪いと感じるか、人によって怖さの勘どころは違うでしょう。その過剰なほうの代表格が百足です。

虫の出現のありようによっても、怖さの質は変わってきます。芭蕉の高名な句に〈蚤《のみ》虱《しらみ》馬の尿《しと》する枕もと〉がありますが、虫がたくさん登場するとはいえ、これなどは気の毒な状況を思い浮かべておかしみすら生じてきます。

片や、芭蕉の最期を看取った弟子の一人の句は、「月涼し」と文字どおりに涼しげな風景で始まります。何事も起こりそうにない平穏で美しい光景が何の前ぶれもなく侵犯され、おぞましいものが出現します。しかも、枕もとという至近距離に。

この呼吸は、図らずも、ある種のホラー映画の作り方に似ています。穏やかな風景で安心させておいて、やにわにぎょっとさせるのは恐怖を喚起する常道の一つでしょう。

おそろしきひとつ家もなしけふの月

堀麦水《ほりばくすい》

否定することによって、逆にその存在をだまし絵のように浮かびあがらせる。これは〈見渡せば花ももみぢもなかりけり浦の苫屋の秋の夕暮　藤原定家〉以来の伝統的な技法です。

けふの月、すなわち陰暦八月十五日の名月の光は、くまなくこの世を照らしています。おかげで、普段は恐ろしく感じられるぽつんと離れた一軒家も不気味ではなくなったわけですが、そのどこかフラットな光に照らし出された家のたたずまいはかえって暗く陰鬱に感じられます。

現在と違うのは、闇の物理的な濃さばかりではありません。共同体が介在する心理的な濃さも比較にならないほどだったでしょう。今夜は御恩の月あかりに照らされて穏やかな風景の一部と化していますが、明晩からその家はまた「おそろしきひとつ家」に戻ってしまうのです。

狐火《きつねび》や髑髏《どくろ》に雨のたまる夜に

与謝蕪村《よさぶそん》

江戸俳諧の怪奇趣味、そのいちばんの立役者は蕪村です。狐の句だけでも、〈公達《きんだち》に狐化けたり宵の春〉〈巫女《かんなぎ》に狐恋する夜寒かな〉といった浪漫的な怪奇句の傑作がただちに挙がります。画家でもあった蕪村らしく、情景が目に浮かぶかのような図ですが、ここではより暗色の絵を紹介してみましょう。

ゴシック・ロマンスといえば、超自然と恐怖の要素を色濃く含む十八世紀後半の主として英文学の一様態ですが、それに抗しうる同時代の日本代表としてこの句を提示したいという誘惑に駆られます。髑髏のシルエットをどうにか浮かびあがらせている光源は、陰鬱なる狐火です。髑髏の全貌は見えません。かろうじて見えるのは、雨のたまる眼窩《がんか》の部分だけです。あとは背景の闇に溶けています。むろん、髑髏の来歴などは何一つわかりません。空間と同じく、しゃれこうべが雨ざらしになるまでの時間もまた闇の中に溶けているのです。狐火のほのかな明と、髑髏と闇の暗。これまたコントラストが際立っています。

人を取淵《とるふち》はかしこ歟《か》霧の中

この句もあいまいにぼかされた画面構成が効果を上げています。霧の中にかすんでいるからこそ、人を取る淵の恐ろしさが惻々《そくそく》と迫ってきます。

古傘の婆娑《ばさ》と月夜の時雨《しぐれ》哉

〈化《ばけ》さうな傘かす寺の時雨かな〉もありますが、蕪村の傘の怖い句ならこちらを。「ばさ」と平仮名に開けばちっとも怖くありませんが、画数が多く、「傘」しも何がなしに姿かたちが響き合う「婆娑」なら音の迫り方が違ってきます。

俳句は絵画であると同時に、音楽でもあります。蕪村がその要諦をとらえているがゆえに、なにげない光景にも鬼趣《きしゅ》が生まれています。

草いきれ人死居《しにゐ》ると札《ふだ》の立《たつ》

「人死にたり」なら、気の毒なことだと軽く手を合わせて立ち去るだけでしょうが、「人死居る」だと思わずたじろぎます。人が死んだ状態でそこに存在しているのですからそのとおりなのですが、何かまだ半眼が開いているような気がして恐ろしくなります。ここでも背景の草いきれが絶妙です。むっとする熱気で背景がぼかされているからこそ、人死にの家、ひいては見えない、ここでも隠されているなきがらの存在感が増すのです。

稲妻に道きく女はだしかな

泉鏡花《いずみきょうか》

江戸と近代をつなぐ重要な存在が泉鏡花の俳句です。文人の余技、すなわち文人俳句としてともすると軽く見られがちですが、「怖い俳句」というテーマであれば、子規よりまずは鏡花です。

背景はまたしても稲妻です。結界がすでに揺らいでいるところに、「道きく女」が忽然《こつぜん》と現れます。鏡花の幻想小説に登場する女はかなりの確率で魔性のものなのですが、ここに現れる女も尋常ではありません。

この「道きく女」、前近代の幽霊のように足がなかったりはしません。ちゃんと足はあります。ただし、はだしです。よく見れば、その足は、さきほど池から上がってきたばかりのように濡れているかもしれません。

さて、この女、どこへ行く道をたずねたのでしょう。答えは何も書かれていません。そこが空白であるがゆえに、消し去りがたい不気味さが残ります。

おもだったほかの句を見ていきましょう。〈五月雨《さみだれ》や尾を出しさうな石どうろ〉〈おぼろ夜や片輪車《かたわぐるま》のきしる音〉〈凩《こがらし》や天狗が築く一夜塔〉はいかにも江戸風の怪奇趣味ですが、〈雲の峰石伐《き》る斧の光かな〉などには近代の鋭い感覚が息づいています。

しかしながら、鏡花ならではの怪奇幻想句といえば、次に掲げる諸句にとどめをさすでしょう。

髪長き螢もあらむ夜はふけぬ
わが恋は人とる沼の花菖蒲
十六夜やたづねし人は水神に
山姫やすゝきの中の京人形
姥巫女《うばみこ》が梟《ふくろふ》抱いて通りけり

絢爛《けんらん》にして自在。まるで一幅の妖しい絵巻物を観るかのようです。

女人幻想が変奏されているのも鏡花ならではです。最後の句、梟を抱いて通る老いた巫女は、どこへ何をしに行くのでしょう。これまた答えはどこにも書かれていませんが、この姥巫女は道きく女と同じ笑みを浮かべているような気がしてなりません。

唐辛子日に日に秋の恐ろしき　正岡子規《まさおかしき》

内部がまったく透けて見えず、表面がうっすらと濡れているように感じられる唐辛子は、この世界の総体が投影されたものと考えることもできるでしょう。

この一見すると不可思議な句の前後は、〈世の中を赤うばかすや唐辛子〉〈唐辛子残る暑さをほのめかす〉となっています。どうやら子規のまなざしは、赤く密閉された唐辛子に太陽を、しかも、生気に満ちたものではなく、自らの病身ともそこはかとなく響き合う、衰えかけた不気味な太陽を投影しているようです。その衰えつつある息苦しい太陽＝唐辛子に照らされた晩秋の世界は、日に日に凄涼の気を増して恐ろしくなっていきます。

〈唐辛子暗き色もて争へり　松村蒼石《まつむらそうせき》〉が変奏曲とすれば、対照的なのは同じ唐辛子科の〈ピーマン切って中を明るくしてあげた　池田澄子〉、このピーマンにも世界の総体が投影されているがゆえに読者は大いなる解放感を味わうのでしょう。

子規に戻ります。塚本邦雄は〈くわらくわらと何に火を焚く秋の村〉〈秋の蚊やともし火暗き棺の前〉〈こほろぎや犬を埋めし庭の隅〉などの諸句を引き、子規の隠れた個性や天分はむしろそういった世に知られていない句のほうにあって、彼自身もそれに気づかずに三十六年の生を終わったのではないかと貴重な示唆をしています。

たしかに、全集のなかには「ありえたかもしれない子規」の貌《かお》がちらちらと覗いています。

〈ふみつけた蟹の死骸やけさの秋〉〈秋立つや芒《すすき》穂に出る蛇だまり〉など、小動物とその死骸に反応した句が散見されますし、おなじみの稲妻には〈稲妻や誰れが頭に砕け行く〉〈稲妻やかまきり何をとらんとす〉などの作例があります。

先述のとおり、幽霊画を観て感じ入って作った句も初期には目立ちます。〈化物も淋しかるらん小夜しぐれ〉〈恠談《かいだん》の蠟燭《ろうそく》青し小夜しぐれ〉〈あの中に鬼やまじらん寒念仏《かんねぶつ》〉といった調子です。次の句などは、鏡花の句として提出されてもだれも疑わないのではないでしょうか。

朧夜《おぼろよ》やまぼろし通ふ衣紋坂《えもんざか》

表現者は多かれ少なかれ多面体であるわけですが、むろん子規も例外ではなかったのでしょう。「教科書に載っていない子規」を発見する楽しみはまだ残されていると思います。

第二章 虚子からホトトギス系、人間探求派まで

襟巻《えりまき》の狐の顔は別に在り

高浜虚子《たかはまきょし》

子規ばかりでなく虚子もなかなかの多面体で、自身が標榜する花鳥諷詠《かちょうふうえい》（花鳥風月を諷詠する）、客観写生の枠組に収まらない句を多く残しています。

恐怖と笑いは紙一重、この句に接して微苦笑を誘われるか、はたまた戦慄を覚えるか、読み手によっておのずと反応は分かれることでしょう。

狐の襟巻の本当の顔はそこにはありません。いささか変化球ですが、巻いている女性が狐顔だったと解釈すれば、なんともユーモラスな光景になります。しかしながら、襟巻にされてしまった狐の顔、もはや本体に戻るすべのない死に顔がどこかに存在していると考えれば、にわかに怖い俳句となります。

ここでは「不在」が平然と実在しています。ふと考えれば、私たちが暮らしている世界はこのような「不在」に満ちています。隠されているのは襟巻の狐の顔ばかりではありません。肉牛もいれば豚もいる。そういった認識の変容をも迫る怖い句だと思います。

爛々《らんらん》と昼の星見え菌生《きのこ》え

こちらは変容の途上にある世界です。生えているのが「きのこ」なら凡句にとどまったでしょうが、「菌」であるがゆえにデモーニッシュな生命力がにわかに息づきはじめます。この菌は毒々しい赤色に染まっているような気がしてなりません。それどころか、人間が菌に変容した怪物、すなわち「マタンゴ」をも彷彿《ほうふつ》させます。天空で爛々と昼の星が光る妖しい世界では、やがて人類が死に絶え、菌だけがはびこっていくのかもしれません。かつて荒俣宏は「神秘は、白昼の中に投げ出されても神秘的でなければ、本物ではない」と喝破しましたが、本句における菌は、まさに白昼の神秘と言えるのではないでしょうか。

蛇穴《へびあな》を出て見れば周《しゅう》の天下なり

古庭を魔になかへしそ蟇《ひきがえる》

天の川のもとに天智天皇と虚子と

人形まだ生きて動かず傀儡師

子規と同じく、「ありえたかもしれない虚子」は、主要句集『五百句』のなかにも散見されます。この章は虚子が育てた「ホトトギス」系の俳人が中心になっていますが、目を凝らせば、いままであまり着目されなかった怖い俳句の流れが見えてくることでしょう。

流燈《りゆうとう》や一つにはかにさかのぼる

飯田蛇笏《いいだだこつ》

その流れには欠かせない一句。精霊流しの灯りが、ゆるゆると流れています。そのなかの一つが、水流や地形などの加減によってにわかに逆流することはあるでしょう。そんな光景を写生しただけの句だと普通に解釈することもできます。

しかしながら、流燈の逆流が自らの意志によって行われたと考えれば、俄然、怖い俳句になります。従容《しようよう》と流れていくさだめに抗おうとする死者の意志を受け、流燈は一つだけにわかにさかのぼったのです。

では、その死者のたましいは地上にどのような思いを残していたのか。いかなる物語があったのか。これまた俳句は何も説明してくれません。

切り取られて提示されているのは、流燈が逆流した一瞬だけです。それゆえに恐ろしい。この一瞬の動きの怖さは普遍的かもしれません。風を受けて同じ方向へ揺れていたはずの樹木が一本だけ急に自らの意志で動く方向を変えたら、さぞや恐ろしいことでしょう。

夏真昼死は半眼に人をみる

この句は痛ましいわが子の死を見据えた連作に含まれています。しかし、そういった文脈を抜きにして、あるいは作者の存在からも離れて、一個の独立した作品として読者が共有し鑑賞することができるのが俳句という最短の文芸形式の特徴の一つです。

さて、この恐ろしい句では死というものが擬人化されています。といっても、描写されているのは「半眼」だけです。かなたより睨《にら》む死の半眼、それはきっと白目がちで、一度見たら忘れられないまなざしであることでしょう。

草童に蛇の舌影かげろへり

不気味な遠近法が息づいている句です。大写しになっているのはちろちろと動く蛇の舌ですが、実体はなく影だけで、しかも陽炎に揺らいでいます。子供は不吉な影が近づいていることに気づきません。〈野遊びの児を暗き者擦過する　永田耕衣《ながたこうい》〉と並べて飾っておきたい句です。

蛇の血の水にしたたり沈みけり

蛇の句をもう一つ。これまた本体が描写されていない点が秀逸です。この蛇はいったいなぜ血を流しているのか、すべては読者の想像にゆだねられています。

梁《うつばり》の見えておそろし夜半の冬

原石鼎《はらせきてい》

作者の視野に映っている実景は天井の梁《はり》ですが、第二の視覚がとらえているものは違います。梁に紐《ひも》をかけ、自ら縊《くび》れるわが身が幻視されるがゆえに、何の変哲もないはずの梁が恐ろしく感じられてくるのです。

俳句の構成要素の一つは「切れ」ですが、この句は「おそろし」で切れています。そのあとのサイレントの部分にまぼろしが寒々と立ち現れる怖い句です。

何度か神経を病んだことのあるこの俳人には、ほかにも胸苦しい強迫観念がうかがわれる作品が散見されます。

蛇踏みし心いつまで青芒《あおすすき》
狂ひたる我の心や杜若《かきつばた》
我をわらふ人闇にあり浜千鳥
水の蛇崖へあがらうとする首よ

高名な次の句も、読みようによっては怖い句です。

　秋風や模様のちがふ皿二つ

この二つの皿を二人の女と解するといった近代文学研究臭の漂う読みはどうにもつまらないので退け、テキストだけに向き合うと、何かが引き裂かれてしまった近代人特有の神経のふるえめいたものがそこはかとなく伝わってきます。

ルイス・ウェインという画家がいます。当初は普通のかわいい猫の絵を好んで描いていましたが、精神を病むにつれて猫の形は徐々に変容し、似ても似つかぬ抽象的なものに変わってしまいました。この句に接するたびに、私はウェインの不気味な猫の絵を思い出します。元の猫（過去）と、変容してしまった猫（現在）。二つの模様が合一することは永遠にありません。そこではただ秋風が吹いているばかりです。

　秋風に殺すと來《き》る人もがな

秋風からもう一句。「瞑目《めいもく》して時に感あり」という詞書《ことばがき》があります。夢野久作《ゆめのきゅうさく》の『猟奇歌』に〈誰か一人／殺してみたいと思ふ時／君一人かい……／……と友達が来る〉という怪しい作品がありますが、これはそのネガとも言えましょう。さすがに猟奇句と呼ぶのは憚《はばか》られますが、屈折した孤独な心情が秋風とともに伝わってくる句です。

人殺ろす我かも知れず飛ぶ蛍

前田普羅《まえだふら》

「殺ろす」は明らかに送り仮名の誤りで、「殺す」に改められている句集や歳時記もかなりありますが、この句はぜひとも誤りのまま採用したいところです。なぜなら、不要の「ろ」が図らずも異物の恐ろしさを表現しているからです。

殺人など犯すはずのない人の心に不意に芽生える殺意とは、さしずめこの「ろ」のごときものではないでしょうか。それまで尋常だった言葉の並びに、だしぬけに異物が侵入してくるとき、思いもかけなかった殺意が生じるのです。そう考えると、「ろ」のたたずまいすら、なにやら恐ろしく感じられてきます。

虚子門四天王（村上鬼城《むらかみきじょう》・飯田蛇笏《いいだだこつ》・原石鼎《はらせきてい》・前田普羅）の一人である普羅の膨大な句業のうち、ほかにチェックした怖い句は〈うらがへし又うらがへし大蛾掃く〉のみ。〈奥白根彼の世の雪をかがやかす〉などの神韻高潔《しんいんこうけつ》なる句で知られました。この句自体が「ろ」のような異物の妖しい光を放っています。

乱心のごとき真昼の蝶を見よ

阿波野青畝《あわのせいほ》

四天王から四Ｓ（水原秋櫻子《みずはらしゅうおうし》・高野素十《たかのすじゅう》・山口誓子《やまぐちせいし》・阿波野青畝）に移ります。

飛ぶ蛍がいざなうのが夜の狂気だとすれば、こちらは昼の狂気です。激しく乱れ飛ぶ蝶を眺めているうちに気を奪われ、ついには正気をなくしてしまう――そんな終わり方もいいのではないかと思わせる美しい光景がここにあります。これもまた一つの真昼の神秘と言えるでしょう。

夜の句には〈灯に蛾あり扇のごとく狂ひけり〉がありますが、こちらはさほど恐ろしくありません。真昼の蝶のように見る側の心まで乱れていないためでしょう。

水ゆれて鳳凰堂へ蛇の首

魂ぬけの小倉百人神の旅

美学のフィルターを通せば、恐ろしさと美しさは渾然一体となり、一幅の画と化す。青畝の諸句はそんな真理を教えてくれます。

芋虫の一夜の育ち恐ろしき

高野《たかの》素十《すじゆう》

〈甘草の芽のとびとびのひとならび〉で「草の芽俳句」とも蔑称されたこの俳人らしい、一見すると何も言っていない句です。いや、本当に何も言っていないそのとおりの句なのですが、素朴であるがゆえに、ある種の真理を射貫いているように思われます。代表句の一つ〈ひつぱれる糸まつすぐや甲虫〉に象徴されるように、その真理は単純化された力のごときものを提示します。

力のありようにはさまざまなものがあります。野菜に付着していた虫をごみ箱に捨てたあと、ふとその虫が大きくなっていたらどうしようと怖くなったことはないでしょうか。生き物が育てばおのずと体積が増し、その直線状の力が見る者に圧迫感を与えます。

日常の風景というものは、それを構成している要素がすべて適正な大きさに収まっているからこそ安らぎが与えられます。一夜で想像以上に育ってしまった芋虫は、その調和のとれた日常に亀裂を与える妖しい光を放っているように感じられてなりません。

崖氷柱《つらら》刀林地獄逆しまに

松本《まつもと》たかし

その俳句美学があまりにも円満すぎて、残念ながら怖い俳句というテーマでは一句も採れなかった作者が何人もいます。水原秋櫻子を筆頭に、渡辺水巴《わたなべすいは》、久保田万太郎、芝不器男《しばふきお》、川端茅舎《かわばたぼうしゃ》などですが、境界線上に位置する松本たかしは採ることができました。

病弱で約束されていた能役者への道を断念し、神経病に苦しんだ作者らしく、その神経のふるえが伝わってくるような一句です。実景として見えているのは、あくまでも逆向きになった崖の氷柱ですが、それを「逆しま」にすれば、作者の内面世界になります。作者の過敏な神経があるがゆえに、逆向きの氷柱の群れは「刀林地獄」の凄みを獲得します。

死の如き障子あり灯のはつとつく

美学が円満に働いていれば〈紙といふ物きよらかの障子かな〉という世界ですが、ひとたび反転すればこのような怖い光景になります。何もなくて妙に恐ろしい白一色の障子にはっと灯がともる、その一瞬が鬼気迫ります。

囀《さえず》りやピアノの上の薄埃

島村元《しまむらはじめ》

ピアノの上にうっすらとほこりがたまっている。外では鳥が囀っている。ただそれだけの情景ですが、これは非常に底気味の悪い句です。

薄埃が示しているのは、時間の経過です。また、ほこりがたまっている場所はピアノですから、その所有者の不在を暗示しています。むろん、ピアノの持ち主がただ単に練習に身が入らず、捨て置かれてほこりをかぶっているだけかもしれませんが、その解釈では物語が広がりませんから却下しましょう。

では、囀りはどうでしょう。囀っているのは、ただの春の鳥たちなのでしょうか。そのなかには、さりげなく死者の声が交じっているのではないでしょうか。

すなわち、ピアノの持ち主は、もはやこの世の人ではないのです。そのかつての所有者がもう弾けないピアノに思いを残し、鳥に交じって囀っていると解釈すれば、にわかに怖い俳句になります。

この何がなしに不吉な句の作者は、残念ながら三十歳の若さで夭折《ようせつ》してしまいました。「頭脳俊敏にして虚子の導く写生道に徹し、新鮮な作風をもって大正期俳壇に独自の地歩を築いた」と『現代俳句辞典』が讃えるこの俳人の句は決して多くありませんが、ほかにも次のような佳什《かじゅう》があります。

春雷や布団の上の旅衣

花風の埃に赤きポストかな

月光に奪はれぬ紅や罌粟《けし》の花

「上の」と「埃」が共通する句を引いてみました。どの句にもたしかな「物」があり、そこからゆるゆると「物語」が広がっていきます。

イメージが鮮やかな句です。若くして世を去った著名な画家は戦前に多々いますが、そのなかにこの作者も加えたいような誘惑にふと駆られます。

再言すれば、俳句は音楽であり、また絵画でもあります。この夭折俳人は、絵の具ではなく言葉を用いて印象深い絵を描いたのです。

いずれにしても、才能にあふれたこの作者に天寿があらば、あるいは俳句史は違ったものになっていたかもしれません。

死にければ闇たちこむる蛍籠

山口誓子《やまぐちせいし》

一つの状態である死それ自体は不可視のものですが、この死は明確に目で見ることができます。いままで弱々しい灯りがともっていた蛍籠の中で蛍が死ぬことによって、小さな限られた世界には霧のごとくに闇がたちこめ、やがて何も見えなくなってしまいます。その闇が、戦慄すべき「目に見える死」です。

同じ蛍の死を扱った怖い俳句には〈蛍死す風にひとすぢ死のにほひ〉もあります。こちらは、死が視覚ではなく嗅覚に訴えてきます。

それにしても、「死にければ」とは非情な言葉です。〈死にたれば人来て大根《だいこ》煮《た》きはじむ　下村槐太《しもむらかいた》〉と好一対をなすでしょう。このカメラアイにも一脈通じる非情なまなざしがあったればこそ、〈七月の青嶺まぢかく熔鉱炉〉〈スケート場沃度丁幾《ヨードチンキ》の壜がある〉〈夏の河赤き鉄鎖のはし浸る〉など、いままで詠まれなかった素材まで視野に入れて俳句の領域を広げることができたのでしょう。

続いて、蛍以外の怖い虫の句を。

かりかりと蟷螂蜂《かまきりはち》の皃《かほ》を食む

蟷螂の斧をねぶりぬ生《あ》れてすぐ

頭なき百足虫《むかで》のなほも走るかな

悪夢に出てきてうなされそうな情景描写にも、非情なまなざしが息づいています。虫以外では、〈死の島に属して岩に鵜がとまる〉も不気味な光景です。

昼寝せるときに魔性のものたかる

ふと気をゆるめると、怪しいものが心に忍びこんできたりします。おちおち昼寝もしていられません。

秋祭鬼面をかぶり心も鬼

普段は温厚な家庭人が、秋祭の鬼の役に徹しようとするユーモラスな句という解釈もできるでしょう。しかしながら、鬼の面が人の心まで冷たく律してしまうと考えれば、にわかに怖くなります。

口開けし怪獣大き雲の峰

晩年の作品。怪作と紙一重ですが、自在な句境が出現させた大いなる「あやし」です。

獣屍《じゅうし》の蛆《うじ》如何《いか》に如何《いか》にと口を挙ぐ

中村草田男《なかむらくさたお》

試みに、「元気が出る俳句」というアンソロジーを考えてみましょう。人生の応援句や、パワースポットならぬパワー俳句を集めたこの一巻は、たとえば江戸は本書のように芭蕉・蕪村ではなく一茶がメインになります。

このテーマなら近代以降の大立役者になるのが人間探求派と呼ばれた中村草田男です。〈玫瑰《はまなす》や今も沖には未来あり〉〈萬緑《ばんりょく》の中や吾子《あこ》の歯生え初むる〉〈勇気こそ地の塩なれや梅真白〉など、そちらのテーマならたちどころに何句も挙がるのですが、怖い俳句はどうにかこの句を採ることができました。

性欲や便意すら前向きに詠みこんだ草田男の好奇心あふれるまなざしは、従来の俳人なら目をそらしたはずのものをしっかりととらえました。「如何に如何に」と問いかけるかのように緩慢に口を挙げる蛆。獣の骸《むくろ》にびっしりとたかり、蠢《うごめ》く蛆たち。数多い虫恐怖俳句のなかでも抜きん出た気色悪さです。

油虫殺すいちめんの夕日いろ

加藤楸邨《かとうしゅうそん》

同じく人間探求派の楸邨の虫恐怖俳句にも、秀吟が数多くあります。この句の対になるのは〈蟻殺すしんかんと青き天の下〉、ともにバックの赤や青の色づかいが鮮やかで、虫の死を恐ろしくも美しく際立たせています。虫を殺す一瞬、世界からすべての音が失われて森閑《しんかん》と凍りつくのです。

　蜘蛛《くも》夜々《よよ》に肥えゆき月にまたがりぬ

こちらの背景は黄色い月。デッサン力に優れた作品です。下から見上げるアングルが秀逸で、夜ごとに肥えゆく蜘蛛はやがて月に伍す大きさになります。片々たる虫が怪物と化すマジックです。

一方、〈蟷螂の死貌《しにがお》を月のぞきゐる〉は、位置関係こそ同じですが、月のほうが大きく見えます。虫の生き死ににによって、同じ月でも大きさが違って見える。たしかな技法に裏打ちされた作品と言えるでしょう。

元日の殺生石《せっしょうせき》のにほひかな　石田波郷《いしだはきょう》

季語が動く（まだ推敲《すいこう》の余地がある）、動かない（これで揺るがず定まっている）という俳句独特の言い回しがありますが、この句は「元日」で動きません。
本来なら明るいはずの元日の空気ですが、怪しい伝説のある殺生石のまわりにだけは不吉な匂いが漂っています。この一年、果たしていかなることが起きるのか、もちろん石は何も語りません。これが「大晦日」だと台なしなのは言うをまたないでしょう。

春昼《しゅんちゅう》の墓こゑもなし手鏡に

この句の季語も「春昼」で動きません。時間が停まったような春の昼、墓のまわりでは人の声はいっさい響いていません。手鏡に映る光景であるがゆえに、その静かすぎて不穏なたたずまいが際立っています。

綿蟲《わたむし》やそこは屍《かばね》の出でゆく門

これも「綿蟲」に限ります。そこにはさりげなく死者の魂が交じっているかのようです。

第三章 戦前新興俳句系

妖星《ようせい》におびゆる野火の火色《ひいろ》かな

日《ひ》野《の》草《そう》城《じょう》

伝統派の「ホトトギス」の同人から、戦前に弾圧を受けた新興俳句運動の推進者に転じた日野草城は、大変に華のある俳人でした。自らの名を詠みこんだ句に〈日野草城かくれもあらず湯の澄《すみ》に〉がありますが、このほのかなエロティシズムとナルシシズム、何より言葉の切れ味はこの俳人ならではのものです。

代表句の一つ〈高熱の鶴青空に漂へり〉に見て取れるように、色づかいの鮮やかさも草城の美点に数えられます。〈炎天に黒き喪章の蝶とべり〉なども印象深い絵柄ですが、ここではよりスケールの大きな怪しい光景を選びました。天に妖星、地には野火。両者をつなぐ二つの赤の階調が鮮烈です。

色ばかりでなく音でも、さりげなく、お「び」ゆる野「火」という交感があります。〈蟻の死や指紋渦巻く指の上〉では、蟻の「死」や「指」紋。こういった細かな韻から、言葉の切れ味が獲得されていくのです。

すき風の妖婆ぞ闇の戸をたたく

神崎縷々《かんざきるる》

新興俳句系の俳誌「天の川」に彗星のように現れ、三十七歳で夭逝《ようせい》した俳人の一句。活躍期がいたって短かったこの俳人の代表句は〈血に痴《し》れてヤコブのごとく闘へり〉。これは病気のために自ら吐いた血ですから、全身の存在の重みがかかっています。いささか飛躍はありますが、三十八歳で亡くなった女流俳人・石橋秀野《いしばしひでの》が救急搬送されるおりに詠んだ絶句〈蟬時雨《せみしぐれ》子は担送車に追ひつけず〉と並べたいとも思います。生涯の一句とは、このようなものかもしれません。

さて、表題句。作者の「運命」を知っているせいもありましょうが、不気味なすきま風の音が耳に響いてくるかのようです。なるほど、強い風の音は時として妖婆の声に聞こえます。そんな空耳がはっきりとしたノックの音に変わる、その一瞬が戦慄を呼びます。

もう一句、〈ぬばたまの闇の夜すらをすきま風〉もあります。ここにはもう妖婆すらおりません。何もない荒涼たる闇を、ただ風だけが吹き抜けていきます。

古き代《よ》の呪文の釘のきしむ壁

篠原鳳作《しのはらほうさく》

同じく「天の川」に拠り、新興俳句の牽引車の一人として活躍しながら、惜しくも三十歳で夭折した俳人の代表句は〈しんしんと肺碧《あお》きまで海の旅〉。この句はひとり篠原鳳作のみならず、無季俳句の代表句として広く知られています。無季を認めない人々も夏の季感をこの句に認めて評価したりするのですが、それはともかく、肺の中まで浄化されるような爽やかな世界とは対照的なものも鳳作は詠んでいます。

遠い昔の人が、釘をきしませながら壁に呪文を刻みました。それが何と書かれていたのか、俳句は答えを示しません。〈肺碧きまで海の旅〉が天に昇っていく上向きの螺旋《らせん》だとすれば、〈呪文の釘のきしむ壁〉は地に引きこまれていく下向きの螺旋で好対照ですが、明暗いずれも青春俳句であることに変わりはないでしょう。

もう一句、二つの螺旋の緊張関係の上に成り立つ哀切な青春俳句に〈蟻よバラを登りつめても陽が遠い〉があります。

残忍に詩を追ふ蛇の眼を見たり

片山桃史《かたやまとうし》

日野草城の愛弟子として「旗艦」創刊に参加し、戦地での句を多く作った片山桃史は、〈桃史死ぬ勿《なか》れ俳句は出来ずともよし〉と詠んだ師の願いも空しく、東ニューギニアにて三十二歳で戦死しました。

〈屍《かばね》らに天の喇叭《らっぱ》が鳴りやまず〉〈一斉に死者が雷雨を駆け上る〉〈我を撃つ敵と劫暑《ごうしょ》を倶《とも》にせる〉などの優れた戦争句を遺した桃史は、それ以前に青春俳句の佳吟を多く作っています。

青春俳句の正の代表句が〈雨がふる恋をうちあけやうと思ふ〉だとすれば、これは不気味な負の一句。青年詩人を誘惑し、その心の中に宿る詩を根こそぎ奪い取ってしまおうとする邪悪なものは、単なる一匹の蛇の眼とは思えません。そこには青年の存在に対峙《たいじ》する世界、ひいては時代の重みがかかっています。詩人ののちの運命を思えば、暗い蛇の眼が銃口のように感じられてきます。

征く人の母は埋れぬ日の丸に

井上白文地《いのうえはくぶんじ》

「京大俳句」の創刊に参加し、実作のみならず論客としても活躍した作者は、ソ連軍の捕虜となって消息を絶ちました。〈アカデミの学の青ざめゆく世なり〉とも詠んだ白文地ですが、平時であれば学究として詩人として多くの優れた仕事を遺したでしょうに、なんとも惜しまれてなりません。

表題句は時代の不気味さを声低《こえびく》に告発した作品です。出征兵士の母の顔は、初めのうちは見えていました。戦場へ旅立つ息子を見守るまなざしを、たしかに見て取ることができました。しかし、日の丸の波に隠れ、小柄な母の姿は見えなくなってしまいます。あとはいちめんの旗ばかり。歓呼に揺れる旗ばかり……。

個なるものが、なすすべもなく、いともたやすく大きなうねりの波の中に呑みこまれていく。それを構成する一人一人は笑顔で旗を振っている。これはある意味では、血が流れる戦場よりはるかに恐ろしい光景ではないでしょうか。

暑き日の壁うつりゐる鏡かな

小澤《おざわ》青柚子《せいゆうし》

新興俳句を象徴する色といえば、白と青。というわけで、白文地の次に青柚子を紹介してみます。この俳人もまた、戦病死というかたちで惜しくも夭折してしまいました。

この句は、盟友だった渡邊白泉《わたなべはくせん》が応召される際に、青柚子が送別句会で作った句。鏡にはただ何もない暑い日の壁だけが映し出されています。その光景をじっと見ている作者の不安が伝わってくるかのようです。

名は体を表すと言うべきか、青柚子は線の細い俳号にふさわしい俳句を作りました。本人も中肉中背でいい声をした青年だったそうです。〈あきかぜはたとへば喬《たか》く鋭《と》き裸木〉〈あきかぜにたまたま白き掌《て》をひらく〉〈理科室に赤き人体とゐるゆふべ〉など、たましいのふるえを感じさせる諸句を残しています。

〈冬の日や立て膝うすき人形師〉は昭和十八年の作。戦意発揚句はもとより、声高な反戦句も作らず、風のように消えていきました。

赤き火事哄笑《こうしょう》せしが今日黒し　西東三鬼《さいとうさんき》

ここからはしばらくビッグネームが続きます。戦前は新興俳句を牽引し、戦後は現代俳句協会と俳人協会の設立に加わるなど、常に俳壇の中心で活躍した風雲児の代表句の一つは、二通りの読み方ができる怖い句です。

哄笑している主体は何でしょうか。まず、赤い火事が哄笑するがごとくに燃え盛り、翌日、鎮火したあとに焼け跡が黒くなっているという読み方があります。この場合は、不気味な高笑いと災いをもたらして去っていった主体は、外部の不可知の領域から現れます。

もう一つ、哄笑する主体がほかならぬ作者の分身であるという読み方もできるでしょう。赤く燃え盛る炎を見て、なぜかわきあがってくる笑いを禁じえなかった者は、黒い焼け跡を目の当たりにして沈黙を余儀なくされます。その黒く荒廃したものは、火事を見て哄笑した者の心の闇を映しているかのようです。

内と外がだまし絵めいた構造になった句ですが、同じ術は実景と幻景でも使われます。

寒夜《かんや》明け赤い造花が又も在る

寒い夜が明けると、ゆうべと同じ位置に赤い造花がある――そんな当たり前の実景が詠まれています。造花が散っていたり、別の場所へ移動していたら怪しいですが、同じところにあるばかり、何も異状はないはずなのに、この句には根源的な怖さがあります。

その理由は、色にあります。不穏な、危機的な赤。キング・クリムゾンの「レッド」を彷彿させる造花の赤は、ほかの色に代えることはできません。

鏡餅暗きところに割れて坐す

これまた一見すると何の変哲もない実景です。見えているのは、暗がりに置かれているひび割れた鏡餅にすぎません。しかし、この世界の総体が投影されたものと考えれば、鏡餅の割れ目は底無しの深淵のように感じられてきます。

広島や卵食ふとき口ひらく

これも当然の行為が詠まれています。口をひらかなければ、卵を食べることはできません。しかし、この無季俳句の傑作の上五は「広島や」です。ために、実景にかぶさるように大いなる幻景が立ち現れます。

すなわち、卵が原爆ドームに変容するのです。その幻景においては、卵を食べるために口をあけるという日常の動作、ひいては生者が物を食べるという行為が、非業の死を遂げた人々に対する鎮魂の祈りに昇華されます。

〈広島漬菜まつさおなるに戦慄す〉も構造は同じです。作者が戦慄した瞬間、ごくありふれた漬物のつや（実景）が原爆の閃光（幻景）に変わります。

俳句のみならず、『神戸』『続神戸』『俳愚伝』などの自伝的小説も無類に面白い三鬼らしく、物語の奥行きを感じさせる怖い句も多く作っています。

梅雨の窓狂女跳び下りたるままに

焦点が当てられているのは、不在の窓です。その窓枠を雨がたたいています。跳び下りた狂女はどうなってしまったのでしょう。画面の外へ逸脱してしまったものを、俳句は説明しようとしません。

薔薇の家犬が先ず死に老女死す

薔薇の家のたたずまいは、一見すると同じです。しかし、薔薇の花が一つまた一つとしおれて散っていくように、小さな死が静かに通り過ぎていきます。

ここには、たしかな物語があります。ただし、そのページはどう目を凝らしても白紙のままです。宙ぶらりんになった空白の物語は、読者が想像で埋めるしかないのです。

草二本だけ生えてゐる　時間

富澤赤黄男《とみざわかきお》

戦前の句集『天の狼』で新興俳句の詩的頂点を極めた富澤赤黄男は、戦後の『蛇の笛』『黙示』で純粋な詩を追求するあまり美しくも痛ましい隘路《あいろ》に入り、沈黙を余儀なくされました。その遍歴の果てにたどり着いた、最も純化された世界がここにあります。

音叉《おんさ》のように、草が二本だけ生えています。ほかには何もありません。原初と終末のように二本だけ生えている草のあいだを、ただ風のように時間が通り過ぎていきます。世界を極限に至るまで純化させ、その本質に迫れば、このようなわずかに二本の草だけが見える光景になってしまうのかもしれません。そんな根源的な怖さのある、究極の一句と言えるでしょう。

後期はほかに〈無名《アノニム》の空間　跳び上る　白い棒〉〈灰の　雨の　中の　ヘヤピンを主張せよ〉等々、モノクロームの世界がもっぱらになってしまいますが、名前に色が二つも含まれる作者のこと、戦前の諸句は鮮やかな色に彩られています。

海峡を越えんと赤きものうごく

三鬼の造花の赤は冷えびえとしていましたが、同じ根源的な赤色でも、こちらはデモーニッシュな力強さを有しています。海峡を越えようとうごく赤いものは、風に揺れる赤い花でしょうか、あるいは戦火そのものでしょうか。

〈影はただ白き鹹湖《かんこ》の候鳥《わたりどり》〉〈瞳《め》に古典紺々とふる牡丹雪〉〈椿散るああなまぬるき昼の火事〉〈赤い花買ふ猛烈な雲の下〉など、色彩豊かな秀句の乱舞する頂点に、代表句〈蝶墜ちて大音響の結氷期〉が花開きます。定型内の戦慄すべき詩的緊張によって、一頭の蝶の墜死と世界の結氷とが強引に関係づけられます。その現実にはありえない力が喚起する大音響は、読者の心に長い余韻を残すことでしょう。

戦後の句集『蛇の笛』では分かち書きが多用されるようになります。その一字空きは、しだいに深まってきた作者の孤独を象徴しているかのようです。

石の上に　秋の鬼ゐて火を焚《た》けり

切株に　人語は遠くなりにけり

石の上で火を焚く秋の鬼、人がめったに訪れない場所にぽつんと取り残されている切株。いずれも、作者の孤独な自画像を観るかのようです。「自画像」という詞書きがついた戦前の句に〈賑やかな骨牌《カルタ》の裏面《うら》のさみしい絵〉がありますが、戦後の諸句はそのような物語の恩寵《おんちょう》からはるかに遠ざかっていきます。

寒い月　ああ貌《かお》がない　貌がない
錐《きり》をもむ　暗澹《あんたん》として　錐をもむ

反復が用いられた、読者も暗澹としてくるような痛ましい句が増えます。色も季節も薄れ、閉ざされた世界は徐々にモノクロームになっていきます。

虚無の木が　虚無の木が　うすびかるのみ
くらやみへ　くらやみへ　卵ころがりぬ
月光の　針がふる　ただ針がふる
切株はじいんじいんと　ひびくなり

切株はもう何も語りません。涙も、血も流しません。ただ存在の悲しみに「じいんじいんとひび」いているばかりです。

このような世界を経て、表題句が生まれます。軌跡をたどってからあらためて見ると、何もない世界に生えている二本の草、ことにその闇の中の緑が美しく感じられてきます。暗闇を突き抜けたところに、かすかな救いの光も見えるような気がするのです。

戦争が廊下の奥に立つてゐた

渡邊白泉《わたなべはくせん》

新興俳句を代表する、渾身の一句です。

類似句に〈海坊主が綿屋の奥に立つてゐた〉がありますが、恐怖と笑いは紙一重、綿屋の奥の海坊主には笑いを誘われかねません。作者はえたいのしれない恐怖を喚起させようとしているのでしょうが、この海坊主はなんだかかわいらしく感じられてきます。

しかしながら、廊下の奥にぬっと立っている「戦争」は違います。「せ」と「そ」、二つの有気音を含む言葉に作者の存在の全体重がかけられているかのようです。

「故篠原鳳作の霊に捧ぐ」という副題を持つ、いわゆる戦火想望俳句の代表作「支那事変群作」には、次の諸句があります。

繃帯《ほうたい》を巻かれ巨大な兵となる

赤く蒼く黄色く黒く戦死せり

眼をひらき地に腹這ひて戦死せり

体には幾重にも繃帯を巻かれ、顔の部分はおびただしい数の死に顔で満ちている。そんなあらゆる戦死者を凝縮したかのようなおぞましい存在が、廊下の奥に立っている「戦争」です。ぼろぼろの戦闘帽を目深にかぶっているその顔を決して覗きこんではいけません。圧倒的なまでの存在感に打たれ、暗い廊下の奥から引き返せなくなってしまうかもしれませんから。

鶏《とり》たちにカンナは見えぬかもしれぬ

これは諸作に先立つ昭和十年の一句。同じ風景の中に人間と鶏がいる。赤いカンナが咲いている。平穏な同一の風景を共有しているようだが、ことによると、鶏たちにこの花は見えていないかもしれない、と作者は思う。

「見えぬかもしれぬ」という少し舌がもつれた言い回しに、いわく言いがたい不安が漂う句です。世界ひいては時代に対する違和感も読み取れる一句で、このカンナの色もまた「危機の赤」でしょう。

赤き犬ゆきたる夏の日の怖れ

これも同じように不気味な句です。赤い犬が消えた先に赤い戦死者が出現し、やがてすべては廊下の奥の「戦争」に収斂《しゅうれん》していくのです。

太陽や人死に絶えし鳥世界

高屋窓秋《たかやそうしゅう》

これも新興俳句を代表する一句、〈頭の中で白い夏野となつてゐる〉の作者です。頭《づ》と読み仮名が振られている歳時記などもありますが、この上五はぜひとも「あたまのなかで」と字余りで読みたいところです。この句の眼目は「白い夏野」ですが、さらに凝縮すれば「白」だけが残ります。それまでの俳句の世界は、画風はどうあれひとしなみに具象絵画でしたが、ここにおいて初めて抽象絵画が出現したのです。

この句で描かれている白い夏野は現実の風景ではありません。白の階調だけが流れていく抽象の世界です。上五の「頭の中で」は、言わばキャンバスをゆるゆると広げていく部分です。ゆえに、定型に沿った「づのなかで」ではなく、a音の韻を多く含む字余りの「あたまのなかで」が望ましいのです。

ちるさくら海あをければ海へちる

山鳩よみればまはりに雪がふる

第一句集『白い夏野』（昭十一）には、ほかにも純粋な詩精神から導き出された美しい句が収録されています。

寡作《かさく》な俳人は、その後、〈赤い雲赤い雲消え死ぬ都会〉（『河』昭二十二）、〈荒地にて石も死人も風発す〉（『石の門』昭二十八）を経て、長い沈黙に入ります。

そして、昭和四十六年度作品として発表された連作が表題句を含む大作「鳥世界」です。

死の河の永き幻想鳥世界
やすらぎのこの永き石鳥世界
砂にしむ血のひとしづく鳥世界
魂は夜の化石か鳥世界

一枚の画期的な抽象画からスタートした作者は、沈黙を破り、畢生《ひっせい》の大作とも言うべき壁画を遺しました。

人間がことごとく死に絶えてしまった世界を、ただ鳥だけが舞っています。その黒い鳥影を陽光が照らしています。

恐ろしい終末の風景ではありますが、静謐《せいひつ》な美しさに彩られているのは、この作者ならではでしょう。

半円をかきおそろしくなりぬ

阿部青鞋《あべせいあい》

戦前、阿部青鞋は渡邊白泉や小澤青柚子などと親交を結び、『現代名俳句集』（教材社）という先駆的な競作集を編みました。女流俳句の章で紹介する藤木清子などは、再録を除けばこの集が唯一のテキストとなっています。

しかし、自身の句が書物のかたちでまとまって注目されるのは、戦後もかなりあとになってからのことでした。『火門集』（昭四十三）、『続・火門集』（昭五十二）、『ひとるたま』（昭五十八）などの句集には、瞠目《どうもく》すべき句が多数収録されています。

阿部青鞋には、不可知の領域にある「原形質のぶよぶよとしたもの」に対するまなざしが抜きがたくあるように思われます。私たちが見ているこのまことしやかな世界の裏面には、言語化することができない白い不定形なものがウレタンのごとくに埋められている。その世に知られない構造を直観的に鋭く把握し、平明な言葉に定着させたのが、阿部青鞋の怖い俳句の魅力でしょう。

半円をかいた作者は、なぜおそろしくなってしまったのでしょう。見えているのは、「かかれた半円」だけです。その半円をかき終えたとき、作者はいまだかかれざる、本質的にかくことができない半円の存在に卒然と気づいて戦慄するのです。

この空白——人知の及ばぬ、言語化できない恐ろしい空虚は、阿部青畦の句に繰り返し現れています。

額縁屋額縁だけを売りにけり

売られているのは実体のある額縁ですが、眼目となっているのは額縁の中の空虚です。そのぽっかりと開いた何もない空間が、額縁屋の中で静かに積み重なると、いやに恐ろしく感じられてきます。

額縁の不安。内部に何が飾られるかわからない存在の不安。それは「が」と「ぶ」の濁音が重ねられることによってさらに増幅されていきます。

言語化できないものを言語によって表現するというのは明らかに自家撞着しており、ある種倒錯的な試みですが、そのような一見すると不可能な試みをも可能にするのが俳句という特異な形式です。

たとえば、こんな句があります。

想像がそつくり一つ棄ててある

これぞまさしく「原形質のぶよぶよとしたもの」です。棄てられた想像の細部が言葉によって語られることはありません。世界の裏面から作者がむんずとつかんできたものをだしぬけに渡された読者は、ただただ当惑しながらふるえるばかりです。

地曳網《じびきあみ》おそろしければ吾も曳く

この網にはいったい何がかかるのでしょう。なんだかえたいのしれないものが揚がりそうで、ひどく嫌な気分になります。そういえば、〈流れつくこんぶに何が書いてあるか〉という奇怪な句もあります。何か書いてあったら気絶するほど恐ろしいかもしれません。

おそろしき般若のめんのうらを見る

般若のめんがどんなに恐ろしい表情をしていても、そのうらの空虚にまさる恐怖はありません。なにしろ、いかなる表情も浮かんではいないのですから。〈小匙《さじ》より大匙いつも不安なり〉、空虚の量が多い大匙のほうが小匙より不安なのは、この作者の世界観に照らせば当然でしょう。

皿嗅げば皿のにおいがするばかり

この皿にも空虚が盛られています。ここでは、料理のにおいではなく、皿のにおいが発見されます。それによって、現実はそこはかとなく異化されます。〈眼前にとまりしバスを嗅いで乗る〉、バスに乗るというしごく当たり前の行動も、「嗅ぐ」という不可解な行為、ひいては「バスのにおい」という普段は知覚されない要素の発見によって、妙な方向へねじ曲げられてしまいます。このバスの行き先は、ことによると空白になっているかもしれません。

原形質のぶよぶよしたもの、この仮象の世界を埋めつくしているウレタンのようなもの、そして、空虚。阿部青鞋が独自の句境に達するのはキリスト教の受洗後ですが、その何もない空虚は神の陰画《ネガ》であるようにも感じられます。〈冬ぞらはすこしへりたるナフタリン〉、そのへった空虚に、神の顔がつつましやかに覗いているような気もします。

青鞋の句では、当たり前なものにしばしば意外なかたちで光が当てられます。人体もその例外ではありません。

手の腹はまだよく知らぬところかな

そう言われてみればよく知らなかったなと不安になって、〈十本の指を俄かにならべてみる〉。そんなことをしているうちに、人体は主体の意思の制御から逃れ、〈左手に右手が突如かぶりつく〉と思わぬ反逆を始めるかもしれません。

くさめして我はふたりに分れけり

その主体なるものも決して信用はできません。大きなくしゃみをしただけであっけなくふたりに分かれ、〈炎天をゆく一のわれまた二のわれ〉という光景になってしまうかもしれないのですから。

この現実そのもの、私たちの暮らしと地続きの場所も、青鞋のまなざしを受けると、次のようにいともたやすく変容してしまいます。

電線を死後のごとくに見上げ居り

死後の世界を詠んだ俳句は意外に多いのですが、これは極め付きの異色作。それこそ電流に打たれたかのようなリアルさを感じます。見上げる者が存在しなくなっても、この世界には電線が張り巡らされ、どこかからどこかへと電気が流れていきます。妙に寒々とした光景です。

永遠はコンクリートを混ぜる音か

コンクリートミキサーの少し陰気なあの音を聞くたびに、この句が思い出されてきます。ランボーの永遠には青年期の特権とも言うべき光が宿っていましたが、青鞋の永遠は灰色に塗りこめられています。渋くて苦い、大人の永遠と言えるでしょう。

香水や昨日今日より狂気なり

平畑静塔《ひらはたせいとう》

井上白文地と同じく戦前は「京大俳句」に拠って新興俳句に打ちこみ、弾圧を受けた作者は、戦後も長い句作活動を続けました。そのかたわら精神医療にも携わり、多くの患者を診てきた作者らしい一句です。

代表作の一つ〈狂ひても母乳は白し蜂光る〉が人間という存在への根源的な信頼と慈愛の情に根ざした光の句だとすれば、これはたそがれの一句と言えましょう。

精神状態がまた芳しくなくなってきた女性患者は、それでも香水を用います。香水といえば中村草田男の〈香水の香ぞ鉄壁をなせりける〉が浮かびますが、これはそのような向日的で勁《つよ》い匂いではありません。もっと脆くて冥《くら》い香りです。

もう一句、闇の句も引いておきましょう。〈幻を視る眼に雪のしんしんと〉。闇といっても、どこかにまだ灯りがともっています。それはほかならぬ作者の温かいまなざしなのかもしれません。

蠅を追ひ死ぬまで見せぬ句を刻む

秋元不死男《あきもとふじお》

俳句には、語数が決定的に少ないことを逆手に取り、読者の想像にゆだねることによって言い知れない不安をかき立てるという技法があります。加藤楸邨の高名な句〈鰯雲人に告ぐべきことならず〉もそうですが、この句では入れ子細工のように不在の一句が隠されています。

死ぬまで見せぬ句にいったい何と記されていたのか、秘密を垣間見たのは一匹の蠅だけです。作者が天に召されてしまえば、それはまさに永遠の謎となります。

戦前は東京三《ひがしきょうぞう》として新興俳句の弾圧に連座し、戦後に筆名を改めた作者には、天と地上の往還の軌跡が見える句がいくつもあります。代表句は〈子を殴《う》ちしながき一瞬天の蟬〉ですし、絶句は〈ねたきりのわがつかみたし銀河の尾〉でした。

怖い俳句では、〈魔の山に雪渓降嫁して匂ふ〉〈瀬に下りて目玉を洗ふ雪女郎〉にもその軌跡が表れています。怖いといっても、どこか清々しさを感じさせる諸句です。

月照らすわが死後もある靴の河

鈴木六林男《すずきむりお》

早くも戦前に代表句の一つ〈遺品あり岩波文庫「阿部一族」〉を得た作者は、〈わが死後の乗換駅の潦《にわたずみ》〉とも詠んでいます。潦とは水たまりのことで、自分の死後も人々は薄く光る水たまりを横目に、何事もなかったかのように電車を乗り換えて通勤していくのだろうという句意です。

もうだれも履かない運河に捨てられた靴も、戦死した兵士が遺した文庫本の表紙を照らす光も、しみじみと痛ましく儚《はかな》いものがあります。詩人の有する共通低音とも言うべきその光に照らされたものは、ほかにも〈いつまで在る機械の中のかがやく椅子〉〈死にぎわのあるべきものに西日の木〉というふうにさまざまに変奏されています。

幽霊の手ばかり見えてあそびおり

幽霊を詠んだ句はそれなりにありますが、これは異色作。ただし、手遊びをする幽霊を浮かびあがらせているのは、同じ儚い光のように感じられてなりません。

暗がりに檸檬《れもん》泛かぶは死後の景

三谷昭《みたにあきら》

死後つながりで、もう一句。戦前は「京大俳句」に拠って弾圧を受け、戦後は「俳句評論」などの同人になった俳人の代表句です。

檸檬といえば梶井基次郎の短篇が想起されます。憂鬱な世界に置かれた爆弾に擬せられた檸檬は、ある意味では青春期の象徴でもありました。

その檸檬が、死後の暗がりの中にぼんやりと浮かびあがっています。マグリットの絵のような不思議な光景ですが、この句が喚起するのは冷えびえとした恐ろしさばかりではないように思われます。

併せて紹介してみたいのは、三十一歳で夭折した斎藤空華《さいとうくうげ》の代表句〈転生を信ずるなれば鹿などよし〉。この転生も、死後の景も、作者によって全的に信じられたものではありません。しかし、それだけに、ほの暗い世界に浮かぶ檸檬やまたの世を走る鹿の肌の暖色がしみじみと胸に迫ってくるのです。

短命のタクシー曲って曲って消える

波止《はし》影夫《かげお》

無季俳句が映える筆名といえば、まず思い浮かぶのが「波止影夫」です。ことに表題句は作者名を含めて一つの作品になっています。

波止場沿いのカーブが多い道を、夜、タクシーが疾走してすぐ消える。ただそれだけの情景ですが、冷えびえとした底気味の悪さが余韻として残ります。タクシーに乗っていた人はどうなってしまったのでしょう。あるいは無人の埠頭から身を投げてしまったのでしょうか。

モノクロームの筆名が映える作品は、ほかにも〈熔岩黒く音も光もここに死す〉〈蛇死にて蛇の長さの残りゐる〉〈人死にてその窓がいまとざさるる〉〈人鴉午後を無人の住宅街〉などがあります。

〈ちるさくら〉と始まっても、高屋窓秋のように〈海あをければ海へちる〉とさわやかな句にはなりません。波止影夫は〈黒き花びらふと思ふ〉と詠むのです。

顔古き夏ゆふぐれの人さらひ

三橋敏雄《みつはしとしお》

新興俳句最年少の天才少年として登場した作者は、戦後も円熟味を加えつつ多くの才気ある句を作りました。

夏の夕暮れに現れるこの人さらいはおそらくスーパーナチュラルな存在でしょうが、その顔は妙にリアルです。その「古き」顔には、子供を惑わすしたたるような笑みが浮かんでいることでしょう。

手をあげて此世《このよ》の友は来りけり

そのうしろに、影の薄い友の姿が連なっています。あの世から来た、おそらくは戦争で死んだとおぼしい友は、決して手をあげることはありません。

撫で殺す何をはじめの野分《のわき》かな

〈いつせいに柱の燃ゆる都かな〉〈渡り鳥目二つ飛んでおびただし〉など、雄大な視野の秀句が多い作者ですが、これは野分からの視点。「撫で殺す」の迫力から始まるa音の韻が効果的です。

　裏富士は鷗《かもめ》を知らず魂《たま》まつり

若年にして無季俳句の傑作〈かもめ来よ天金の書をひらくたび〉を得た作者の、これも雄大な風景。「裏富士は鷗を知らず」という認識のショックと「魂まつり」が見事に響き合っています。

　もの音やいまはのきはの皿小鉢

新興俳句を象徴する色といえば、先述のとおり青と白です。〈かもめ来よ……〉の白ばかりでなく、作者は〈少年ありピカソの青のなかに病む〉と暗く輝く青も詠んでいます。齢《よわい》を重ねるにつれて徐々に色彩も熟し、そこはかとない鬼気《きき》が生まれます。「いまはのきはの皿小鉢」の白、そして、〈たましひのまはりの山の蒼さかな〉。いずれも深い色合いです。

　全景おそろし数を垂らせる干蒲団

白は白でも、これはまた平凡で恐ろしい光景です。団地のベランダに似たような白い布団が干されている。〈渡り鳥目二つ飛んでおびただし〉もそうですが、同じ規格のものがむやみに多くなると、時としてこの世ならぬ光景のように見えてきます。

第四章　実存観念系とその周辺（伝統俳句、文人俳句を含む）

階《きざはし》の黄泉《よみ》につづける朧《おぼろ》かな

松根東洋城《まつねとうようじょう》

この章では、いままで紹介できなかった実存もしくは観念系の俳人を紹介します。必ずしも実存観念系とは言いがたい伝統俳人や文人俳句も含まれているため、境界があいまいで据わりの悪い章かもしれませんがご寛恕《かんじょ》を願います。

まずは重鎮・東洋城から。虚子とたもとを分かち、「渋柿」に拠って長く句作を続けた俳人ですが、ときおり観念に流れる句風は、初期から晩年まで、意外にも大きな変化がありません。表題句は妖しい一幅の画を想わせる青年期の作ですが、最晩年の「あだし野」十句に含まれる〈捨てに行く骸が上の落花かな〉とさほどぶれてはいません。初めからほぼ完成された俳人として登場した東洋城は、姿勢を正したまま長く歩みつづけていったのです。ほかに、〈おそろしや椿の落つる音もなく〉〈城中に妖気を醸す牡丹《ぼたん》かな〉〈短夜や鏡の面の蛾の卵〉〈森に迷うて椿の白に怖れけり〉〈五月闇夢と死陰鬼陽魔《いんきようま》かな〉〈倒れ木の大凶事《まがごと》や去年《こぞ》今年〉などの収穫があります。

青い鳥紅い鳥怪しい鳥も渡る

安藤和風《あんどうわふう》

慶応二年生まれですからこの章では突出した最古参ですが、さほど古さを感じさせない句を詠んでいます。

〈元日を地球が廻はる元日も〉〈春の江の逆に流れず二千年〉などのナンセンスな句は、ハイカラ好きの戯作者の顔もあった平賀源内の俳句〈湯上りや世界の夏の先走り〉〈古郷を磁石に探る霞かな〉をちょっと連想させます。世界や地球が江戸から来たと思えば、楽しくも少々意外の念に打たれます。

恐怖と笑いは紙一重、表題句の怪しい鳥は、どちらかといえば諧謔《かいぎゃく》に傾いているかもしれません。〈人間の皮着てけふの暑さかな〉もその傾向でしょうか。

ただし、ごく少数ではありますが、和風には恐怖だけの句もあります。〈尾《び》して行く落葉の中の血汐かな〉、これなどはオーソドックスな恐怖の醸成法に則っています。その先、は暗示にとどめておくのが骨法でしょう。

百物語果てて点せば不思議な空席

内藤《ないとう》吐天《とてん》

生前最後の句集『臘八《ろうはち》』の末尾に据えられた一句です。日夏耿之介《ひなつこうのすけ》門下の詩人でもあった吐天（詩と翻訳の筆名は龍膽寺旻《りゆうたんじあきら》）は長い句歴を誇りましたが、東洋城とは違って作風にはかなりの変動がありました。戦前の伝統俳人から、戦後の一時期は高踏派詩人の片鱗を見せつつ前衛に接近し、また少しずつ伝統のほうへ戻っていった長い旅路の果ての一句。『遺句全集』で接すると胸を打たれます。

不思議な空席に座り、いままで怪談を語っていた人物がほかならぬ怪しの者だったという怪奇趣味の句ですが、人生は一席の百物語のごとしと観ずれば、不思議な空席に座っていたのはこの世を去っていく吐天自身と解釈することも可能でしょう。そう見れば、これは粋な別れの挨拶の句となります。

晩年の怪奇趣味の句はほかにもあります。〈三面鏡の一つに映る見知らぬ人〉はいささか平凡ですが、〈怪談や蒟蒻《こんにやく》で頬撫でられる〉は想像すると妙に気色が悪い句。滑稽味も存分にあります。

頭《づ》重くチューリップ揺れ誰にも棲む狂気

これは前衛に接近していた時期の破調の句。童謡にも歌われる花は心弾む色合いではありますが、よく見るとあのべたっとした色が押しつけがましく、厭《いと》わしい感じもしてきます。風に揺れるチューリップは、あまりにも長く見つめすぎないほうがいいのかもしれません。

吐天には花の秀句が多くあります。〈向日葵《ひまわり》咲く地球のどこか発火して〉はイメージの伝わりやすい句。〈壺の中に鬼居て薔薇を開かしむ〉は詩人らしい奇想です。薔薇の句には〈逢魔時《あふまがどき》色褪せし薔薇に雨灑《そそ》ぐ〉もあります。

寒鴉死者を甦らすこと勿れ

ポオの翻訳も手がけたことがある作者らしい一句。〈蟻いそぐどこかで釘を打ちはじめ〉も不穏な光景。棺桶の釘のように感じられてきます。

忘却の扉《と》を開く銀の鍵つめたし

最後に、冴えざえとした詩心が伝わってくる句を。いまや吐天は忘却の淵に沈んでいますが、復活を望みたいと思います。

砂丘風紋翅《はね》ひろげゐる揚羽《あげは》の屍《し》

山口草堂《やまぐちそうどう》

砂丘風紋で切れており、カメラは揚羽蝶の屍体のクローズアップに切り替わります。その死してなお流れるような模様を見せている小さなむくろから、再び視界が広がり、砂漠の風紋の全景になります。

つまり、この句は特異な循環構造になっているのです。マクロなる砂丘の風紋から、ミクロなる揚羽蝶の紋様へ、そしてまた風紋へ……と循環は永遠に続きます。しかも、その永久運動の媒体となっているのは、無機質の砂であり、もう生命の宿っていない蝶のむくろなのです。印象深い映像作品を観たかのような読後感を得られる一句です。

死にさそふものの蒼さよ誘蛾燈

誘蛾燈という季語は怪しい句をも誘いますが、これは極め付きの秀句。死にさそふものの蒼さ、そのしみじみと冷たい色がただちに眼前に立ち現れてきます。風景の表層から本質へと踏みこむまなざしの鋭さは、この俳人の大きな美質でしょう。

形代をつくづく見たり裏も見る

相生垣瓜人《あいおいがきかじん》

独特の仙人系の句風で一家を成した俳人です。

この句も、「裏も見る」に諧謔味を感じるのが本筋なのかもしれませんが、穢《けが》れを託す形代を裏返したときにそこはかとない障りが起こりそうで、何がなしに不気味にも感じられてきます。

怪《け》の物かあらぬか大き柏餅

これも怖がっていいのか笑っていいのか悩ましい句。〈恙《つつが》ある眼に狐火を見むとする〉など、仙人らしい発想の句はほかにも見えます。〈名月の緊張せるは痛々し〉は巧まざる怪作。月が緊張するでしょうか。

蜈蚣《むかで》死す数多《あまた》の足も次いで死す

虫を詠んだ句には普通に怖いものが目立ちます。〈死に切らぬうちより蟻に運ばるる〉

こういう死に方だけは願い下げです。

野遊びの児を暗き者擦過する

永田《ながた》耕衣《こうい》

こちらは百歳近くまで現役の俳人だった大仙人です。野で遊ぶ子供たちのかたわらをさっとかすめていく暗い影の正体は何でしょうか。人さらいか、はたまた悪しき知恵を授ける者か。作者に〈少年や六十年後の春のごとし〉もあることを思えば、正体は時間という深読みもできそうです。

耕衣の野の句には〈野菊道数個の我の別れ行く〉もあります。心弾む風景という解釈もありますが、いともたやすく行われる自己分裂の不気味さを感じます。

水虫や猿を飼うかも知れぬわれ

我つながりで、もう一つ不気味な句を。「人殺ろす我」ならわかりやすいですが、「猿を飼うかも知れぬわれ」はどうも尋常ではありません。

尋常ではないものは、ほかならぬ人体にも備わっています。〈てのひらというばけものや天の川〉。なるほど、てのひらを太陽ではなく夜空にかざせば怪しのものに見えます。

火の迫るとき枯草の閑かさよ

橋閒石《はしかんせき》

歳を重ねるにつれて句境に自在さを増し、第七句集『和栲《にぎたえ》』で蛇笏賞を受賞した俳人です。八十九歳のときに刊行された『微光』には、〈銀河系のとある酒場のヒヤシンス〉〈噴水にはらわたの無き明るさよ〉などの若々しい句が含まれています。

ほかにも〈蝶になる途中九億九光年〉〈階段が無くて海鼠《なまこ》の日暮かな〉〈淡水へはらわた返す泳ぎ去れと〉〈陰干しにせよ魂もぜんまいも〉など、秀句が多い作者ですが、怖い俳句にはこれを選んでみました。

火が迫っていることを枯草が知ることはありません。たとえ知っても、逃げるすべはないのです。この句に接したときにただちに浮かんできたのは、リアルタイムの映像で観た名取川の大津波の惨状でした。人家やビニールハウスなどが並ぶ穏やかな場所に、火ならぬ水が迫り、次々に呑みこんでいく光景は悪夢以外の何物でもありませんでした。早く再び閑かさが戻ることを念じてやみません。

死ね死ねとそそのかされぬ煮凝《にこごり》に

加藤《かとう》かけい

姓も俳号もK音で始まるなかなかに狷介《けんかい》な俳人で、「ホトトギス」から俳歴を始めたとは思えないほど異様な句を多く詠んでいます。ことに、強迫観念やそこはかとない狂気と俳味との取り合わせが絶妙です。

動かない煮凝が、おまえも動かなくなれと低くささやきかけてきます。こういった常ならぬ声は、〈亡霊の喚ける墓を洗ひけり〉〈こほろぎが眼を病むわれに眼を病むかと〉〈きりぎりす死後の世界に舌打ちし〉〈炎天にわが頭蓋骨ものを言ふ〉と随所で響いています。

月光が吾を壜詰にしてしまふ

同じ月光の句でも〈遊ぶ死者降る月光を掻きわけて〉ならわりとわかりやすいイメージですが、これは奇想の一句。ガラスのような月の光を浴びると、壜詰の中身に変容してしまうのですから尋常ではありません。

腐る運河に凶器が沈む花火の夜

なんだかむやみにいらだっていますが、〈いまに羊歯《しだ》が人間を食ふ羊歯地獄〉〈毒茸の壊はれて毒気とびちりぬ〉など、ほかにもこういった半ば捨て鉢な調子の句があります。永田耕衣の名句に〈うつうつと最高を行く揚羽蝶〉がありますが、似たような言葉を用いても、加藤かけいは〈うつうつと死姦に入りし黒揚羽〉と詠むのです。

　怨霊の塔に消え入る花の昼

一応のところ伝統系の俳人ですから、季語を見事にあしらったこういう句もあります。〈きりぎりす死霊は影もなくゆけり〉なども。ただし、同じ塔の句でも〈十五夜の塔を積木と考へたい〉はかなり変。〈濃山吹狂気まだまだ足りぬかな〉という句もありますが、これで十分のような気もします。

　夕焼けておそろしくしづかなる一瞬

普通に秀句ですが、この一瞬には世界没落体験がこめられています。夕焼けを見て、もう二度と陽は昇らない、世界はこのまま終わってしまうという静かな恐怖に駆られることがあります。夕暮れの光景では、〈死蝶百匹流れて昏き水なりけり〉も忘れがたい美しさです。

葱《ねぎ》を切るうしろに廊下つづきけり

下村槐太《しもむらかいた》

〈死にたれば人来て大根《だいこ》煮《た》きはじむ〉の作者です。自分が死ねば、通夜の客にふるまうための大根を煮る者がやってくる。自分だけが不在の空間で、そういった日常の生活が淡々と営まれていくだろうという苦い諦観を含む味わい深い一句です。

表題句の空間の広がりにも、同種の寂しさが感じられます。一読して思い浮かべたのは、ヴィルヘルム・ハンマースホイの室内画です。うしろ姿の女が葱を切っています。見えるのはうなじだけで、表情をうかがうことはできません。あとはがらんとした廊下が続いているばかり。妙に寂しい、ひんやりとした室内の光景です。

女が切っているものは、どうあっても葱でなければなりません。永田耕衣に〈夢の世に葱を作りて寂しさよ〉という名句がありますが、葱の苦さや青さは人生の象徴でもあります。切るものがちくわだったりしたら台なしです。

さて、冨田拓也氏はこの句について「当たり前の日常風景が描かれているだけですが、なにかしら尋常でないものが感じられます」と記していますが、その理由は廊下の長さもしくは奥行きに求められるのではないかと考えます。葱を切る女のうしろ姿が、どうもいやに小さく見えるのです。

葛原妙子の代表歌に〈他界より眺めてあらばしづかなる的となるべきゆふぐれの水〉がありますが、そういう見え方のようにも思われます。この長すぎる廊下は、そのまま他界へと続いているような気がしてなりません。

わが死後に無花果《いちじく》を食ふ男ゐて

これも不思議な句です。作者は死んでいるのですから、無花果を食べているのはまったくの他者ということになります。ここにはまた不在の空間がぽっかりと広がっており、その中心に大根や葱に対置される象徴的存在として無花果が据えられています。

いささか苦い生の空間と地続きに広がる、ほの暗い永遠の世界。この二重写しの構造は、次の代表句にも表れています。

蛇の衣水美しく流れよと

蛇の衣に、作者は自分自身を投影しています。そして、水が流れていく先には、かすかな永遠の光を見て取ることができます。

洪水や死の真空の路地二階

橋本鶏二《はしもとけいじ》

三重県生まれの俳人が、伊勢湾台風の惨禍に接して作った句です。「し」の「し」んくうのろ「じ」「に」か「い」と続くi音の流れが洪水の激しい流れと響き合い、不気味さをさらに増幅させています。

響き合っているのは音ばかりではありません。「洪水や」のあとの切れと死の真空、二つの虚の空間もまた共鳴関係にあります。いずれにしても、のちにも採り上げますが、大震災後、過去の災害について詠まれたいくつかの怖い俳句がリアルに甦ってきました。

春昼の廊下靴音呪術めく

これは病院における句。常ならぬ環境であるせいか、病院の廊下に響く靴音は違って聞こえたりします。

一転して、〈秋山のここらは雨月物語〉は人里離れた場所。果たして行く手に何が現れるのでしょう。

とある家におそろしかりし古雛

相馬《そうま》遷子《せんし》

信州在住の医師として、多くの人の死に接してきた俳人の句です。晩年は死病を得た自分自身も素材として、どこか冷えびえとした実存の光の宿る俳句を作りました。往診に行った際にふと目にとめた旧家の雛、その顔が妙に恐ろしく見えた。それはことによると病人のさだめを暗示していたのかもしれません。雛の表情ばかりでなく、暗い赤も印象に残ります。

サルビアの朱色死病の人と見る

これも一読忘れがたい赤。〈菊白し死にゆく人に血を送る〉も眼目は儚い血の赤のほうにあります。

〈猟銃音湖氷らんとしつつあり〉〈月光に山野凍れり去年今年〉〈凍る闇シリウス光千変し〉と凍る世界を見つづけてきた医師俳人は、ついには諦念の一句を得ます。

薫風に人死す忘れらるるため

今死なば瞼がつつむ春の山

斎藤玄《さいとうげん》

今この瞬間にわが身に死が訪れたなら、幕がゆるゆると下りるように瞼が閉じていき、それまで見えていた春の山はゆっくりと消えていきます。ここで発見されるのは、瞼という生者には必ず備わっているものです。人はふだん、瞬きをしていること、瞼が頻繁に閉じられていることを意識していません。死が近づいて初めて、風景の額縁とも言うべきものがわが身に備わっていたことに気づいて愕然とするのです。これもまた認識のショックの一つでしょう。

また、発見されるのは瞼ばかりではありません。死というものがまぎれもない内側から来ることが改めて認識されます。それに対置される外部の光景、額縁の中に収められるいまわのきわの春の山の美しさはどうでしょうか。

その後病勢が募った斎藤玄は、最後に〈死期といふ水と氷の霞かな〉と詠みました。ここではもう内も外もありません。いちめんの茫漠《ぼうばく》たる「水と氷の霞」の世界です。

たんぽぽに死者蘇へる風の中

野《の》見《み》山《やま》朱鳥《あすか》

虚子の直弟子の「ホトトギス」系の俳人としては、ありすぎるほど華があった鬼才の作です。〈蝌蚪《かと》に打つ小石天変地異となる〉〈落椿天地ひつくり返りけり〉〈曼珠沙華《まんじゅしゃげ》散るや赤きに耐へかねて〉〈大宇宙一切独楽《こま》の上に澄む〉等々、世界の把握ぶりの派手な句が目立ちますが、ここでは地味ながら抒情味もある怖い俳句を選んでみました。風が吹かれて飛んでいくたんぽぽに、作者は死者を重ね合わせます。ひとたびバラバラになってゆくえが見えなくなっても、たんぽぽはまたどこかで花を咲かせるのです。

ふとわれの死骸に蛆《うじ》のたかる見ゆ

朱鳥にはこういう異常な幻視の句もあります。〈悪寒来る頭脳のひだに蝌蚪たかり〉〈梅雨茸の咲くわが棺に腰掛けて〉〈夜蜘蛛手にのせてはるかに呪ふなり〉。内面ではない外部の風景であっても、〈呪釘打ちたる跡の大夏木〉〈髑髏夕焼斧に撃れし痕をもつ〉など、時として尋常ならざる素材が現れるのは、資質に鑑《かんが》みれば当然と言えましょう。

秋風の背後をいつよりか怖れ

能《の》村《むら》登《と》四《し》郎《ろう》

作者の開眼の一句は〈火を焚くや枯野の沖を誰か過ぐ〉。この「枯野の沖」をゆっくりと通り過ぎていく影の正体は何でしょうか。むろんただの写生句であるという身も蓋もない解釈もできますが、身近な死者あるいは過去や未来の自分であるといった深読みもいくらでもできそうです。

この枯野もしくはそれに準じる場所は、〈わが旅の死をゆくごとし何処も枯れ〉〈その枯野澄ますべくある一死木〉〈夢の景とすこし違へる焼野かな〉〈死場所として野火跡を考へる〉というふうにいくたびも変奏されていきます。表題句の「秋風の背後」に広がっているのも、おそらくこの枯野でしょう。枯野が彼岸へと続いているからこそ、秋風の背後はそこはかとなく恐ろしく感じられてくるのです。響いているのは風の音ばかりではありません。〈秋声のその奥死者の声もあらむ〉、この世と地続きである他界からは、死者の声もかすかに聞こえてきます。

デスマスクある壁を背に日向ぼこ

石原八束《いしはらやつか》

これも背後の一句。

デスマスクの主について、むろん俳句は何も語りません。作者が飾っているわけですから他者のものであることに疑いはないのですが、不思議にも顔の造作のさだかならぬデスマスクは作者自身のものであるかのようにも感じられてきます。いずれにせよ、「日向ぼこ」というあたたかい季語を配した怖い句は類例がないのではないでしょうか。

崖下の首括《つ》り小屋に西日さす

次は「西日」です。ここでも小屋の中の縊死《いし》者の姿は見えません。恐ろしい出来事があった小屋を、不穏な西日がしみじみと照らしているばかりです。戦後まもない時期の句。

木枯や首がころがる海の洞

この句はさらに説明が省かれています。人間の首なのかどうかすらさだかではありません。俳句の切れ字それ自体のような首に、ただ木枯が吹きつけるばかりです。

すいときて眉のなかりし雪女郎《ゆきじょろう》

森澄雄《もりすみお》

高名な俳人ですが、膨大な句業に目を通しても、残念ながら怖い俳句はほとんど見つかりませんでした。

その作者にしてこの句があるのは、ひとえに「雪女郎」という妖しい季語の恩寵でしょう。泉鏡花の「眉かくしの霊」を彷彿させる、肌がふっとちりちりするような怖さがあります。〈雪山のどのみちをくる雪女郎〉〈雪しづかなればおのづと雪女郎〉、句集の紙間に雪女郎は美しくたたずんでいます。

山の冷猟男《さつを》の体躯同じ湯に

たとえ俳人の内部には恐怖を感じる資質が希薄であっても、外部から触発されることによって怖い俳句が生まれることがあります。殺生をなりわいとする猟男の濃い体毛まで見えてくるような、皮膚感覚に秀でた句です。〈猟男のあと寒気と殺気ともに過ぐ〉、女は雪女郎、男は猟男。いずれも一瞬の冷気を残して去っていく「異人」です。

硝子戸に蛾がべっとりと文字の毒

飯田《いいだ》龍太《りゅうた》

山間部の家で、夜、書物を読むために灯りをともしていると、いつのまにか蛾が集まってきて硝子戸の向こうにべっとりと張りついていました。そのさまに対置されるのは、書物に記されている文字です。自然の闇の中から到来した外部の蛾と、文明の象徴である内部の文字。いずれが真に毒をはらんでいるのかという構図が、作者の巧まざる鬼気を生む一句です。

ゆく夏の食肉工場丘の上

季語も含め、〈朧夜の死體置場といふところ〉などと同じく、いたってそっけない文法で構成された句。それだけに、丘の上に建つ食肉工場の内部の光景が想像され、存分に嫌な心地にさせられます。肉といえば、〈春暁の皿の香肉屋のシクラメン〉もかなり変で怖い句です。父蛇笏ほど異界へ傾くことはないのですが、この伝統派の大家にはほかにも〈月寒く風呂のなかから老婆の手〉など、ひと皮剝けば恐ろしい句が散見されます。

月天心まだ首だけがみつからず

眞《ま》鍋《なべ》呉《くれ》夫《お》

ここからは他の文筆ジャンルにも従事した俳人を取り上げます。いわゆる文人俳句は、内田百閒、夏目漱石、幸田露伴など、その小説に照らせばいかにも怖い俳句がありそうな作家が多いのですが、泉鏡花を別格とすれば案外に収穫がありませんでした。

しかし、『飛ぶ男』などの小説でも知られる作者は違います。長いブランクを経て上梓された第二句集『雪女』は、冒頭の一句〈雪女見しより瘧《をこり》をさまらず〉から妖しい世界に読者を引きこんでくれます。

月光に照らされた世界に、人形のような轢死体が散乱しています。ただし、まだ首だけが見つかっていません。おぞましくもどこか美しい光景ですが、あるいは未完成なドッペルゲンガー（自己像幻視）という解釈も可能でしょう。つまり、まだ見つかっていないのは自分自身の首なのです。〈防毒面かぶつた我とすれちがひ〉〈イヴのホテルで死んでゐたのは俺かもしれぬ〉、同じテーマはほかにも変奏されています。

月光に開きしままの大鋏

月あかりに照らされた、まだ何も切っていない大鋏がオブジェとしてぬっと目の前に提示されます。句の内部に切れはありませんが、「大鋏」でまさしく大きく切れます。その冷えびえとした刃は、世界それ自体の断面であるかのようです。

眞鍋呉夫は明らかに月光派で、〈びしよぬれのKが還つてきた月夜〉〈死者薄く眼をあけてゐる月夜かな〉など多くの作例があります。『月魄《つきしろ》』所収の〈この階を昇れば銀河始発駅〉も、月光を存分に浴びた光景でしょう。

ひと食ひし淵より蛍湧きいづる

月光以外にも、妖しい光は揺れています。人食い沼（池、淵など）を材に採った俳句はほかにもありますが、〈人食ひし狼なれば眼の青き〉は独創的。狼の恐ろしくも澄んだまなざしが鮮烈です。

幻が傘の雫を切つてをり

何の変哲もない光景も、幻視のスパイスを振りかければ、にわかに不気味なものに変容します。それは時には、次のような終末を想わせる風景にもなるのです。

大いなる舌が天《そら》から垂れさがり

人呑みし沼静かなり雲の峰

平井《ひらい》呈一《ていいち》

小泉八雲やアーサー・マッケンなどの翻訳家として、また、英米怪奇小説のこよなき紹介者として赫々《かくかく》たる業績を挙げた文人です。『怪奇小説傑作集』などの名アンソロジーで育った者は平井チルドレンと呼ばれているほどで、後生に大きな影響を与えました。

若いころは双生児の兄の谷口喜作《たにぐちきさく》とともに碧梧桐《へきごとう》の門をたたき、新傾向の俳句も詠んでいた平井呈一ですが、遺句集に収録されているのはおおむね渋い句で、表題句の作風は例外と言えます。数ある人食い沼の俳句のなかでも、これは極め付きの一句。雲の峰という季語が一幅の画の中で揺るぎなく定まっています。

稲妻や水死をさがす川の筋

これも水死者の句。そして、またしても稲妻です。

英米文学者ですが洋行経験はなく、常に着流しで過ごし、江戸文芸の造詣が深かった作者らしい伝統の一句と申せましょうか。

密会や扉の裾に蛾の骸

楠本憲吉《くすもとけんきち》

俳句が本業なのですが、洒脱な随筆など多方面にわたる活躍をした才人につき、この流れで採り上げることにしました。

代表句の一つ〈汝が胸の谷間の汗や巴里祭〉がプラスのエロティシズムだとすれば、これはマイナスの淫靡な世界。扉の裾に転がっている蛾の骸に、そこはかとなく人体が重ね合わされます。

風に哭《な》くトーテム一基死後めく町

もう一つの代表句〈鵙《モズ》叫ぶ日ぞ人生に借りなどなし〉のように句またがりや破調の句も目立ちますが、これも同じ呼吸です。

町を見下ろす丘なのかどうか、風に吹かれて立っているトーテム(ポール)にはどんな顔が描かれているのでしょう。町が死後めいているのですから、その表情はモアイ像のように虚ろなのかもしれません。

大枯野捨てられし箱うごき出す

藤岡筑邨《ふじおかちくそん》

『幽霊の出ない話』『新宿のファウスト』など、異色の短篇集の作者でもある俳人です。枯野に捨てられてあった箱の中身は何でしょう。箱がうごき出すのですから、犬や猫などの動物だと解釈するのが常識的でしょうが、実はからっぽで、箱それ自体がうごいたと考えると世界は不気味に変容します。あるいは、〈枯銀杏より神の声悪魔の声〉という句があるくらいですから、中身は小さな悪魔だったのでしょうか。

自転車で骸骨の来る朧かな

〈あるやうに肉屋があつて花の冷え〉〈秋深む銀のフオークに血がついて〉〈片腕が残り人形供養果つ〉〈炎昼や刃物磨ぎゐる前通る〉〈威儀正し丑三つ刻の雛かな〉など、どこかひんやりとした実景を詠んだ句が多い作者ですが、この句では怪しのものが派手に出現しています。そういえばスポークは骸骨みたいで、乗っている姿はうしろが無防備。自転車は異界に迷いこみやすい乗り物なのかもしれません。背景の朧もぴったりです。

寒茜《かんあかね》百鬼しづかに面《おもて》あぐ　　星野紗一《ほしのさいち》

専門俳人に戻ります。

伝統派ながら〈超人の手が押し上げる初日かな〉などの奇想句もある作者です。怪しい空の見立てには〈幻想の巨人朧の大兜〉もありますが、ここでは底冷えのする一句を採りました。面をあげた百鬼の顔をしかと見定めることはできません。「寒茜百鬼図」という絵が描かれたとしても、すべてを想像にゆだねるこの句には及ばないでしょう。

毒茸に穿いてはならぬ赤い靴

今度は毒茸の見立てです。童話の分析をすると恐ろしい話に変貌したりすることをふと連想する句。毒茸と少女が二重写しになるマジックです。

怪音は深井の中に照紅葉

最後はオーソドックスな怖い句です。「照紅葉深井の中に怪音が」では救いようのない凡句ですが、焦点を絞ってから拡げる見せ方が功を奏しています。

百年後のいま真っ白な電車が来る

小川《おがわ》双々子《そうそうし》

「怖い」は「怕い」とも書きます。布でさらさらと背筋などを撫でられるのも怖いですが、世界のすべてが徐々に白くなっていくのもなかなかの怕さです。

加藤かけいと山口誓子に師事したこの観念派の俳人には、〈わが生ひたちのくらきところに寒卵《かんたまご》〉という代表句があります。生い立ちの暗さという私小説的な部分に力点を置く解釈もできましょうが、生の始まりの「くらきところ」に白い卵が立っているという構図と秀逸な観念把握のほうを採りたいと思います。

同じ白でも、表題句は逆のベクトルで未来の句です。ただし、未来の白にふさわしい輝きはありません。百年後のいま、作者はこの世に存在していません。向こうからやってきた真っ白な電車に乗ることはないのです。

寒卵と電車、二つの白は同じ光を放っています。不可知の領域でひっそりと揺れる白。それを想うと、そこはかとなく怕くなってきます。

半眼《はんがん》にして炎天に歪みある

岡井《おかい》省二《しょうじ》

俳人の歩みもさまざまですが、齢を重ねるにつれて独特の俳味を増し、自在の境地に達していくうらやましい作者がいます。本章では、橋閒石とこの岡井省二が双璧と言えるのではないでしょうか。

半眼で世界を見ると、炎天が歪んでいるように見えます。その歪みからふと覗くものは何でしょう。飯田蛇笏の〈夏真昼死は半眼に人をみる〉が自然に思い出されてきます。

　あるときのおのれに会ひぬ夏柏

ドッペルゲンガー物ですが、夏柏からは青春の香りも漂います。恐怖と紙一重なのは笑いばかりでなく、懐かしさもそうかもしれません。

　梟の耳がなければ虚空かな

作者の自在の境地を示す一句。耳のある動物は多々ありますが、これは梟で動きません。阿部青鞋の〈梟の目にいっぱいの月夜かな〉と好一対です。

うしろとは死ぬまでうしろ浮き氷

八田《はった》木枯《こがらし》

鏡などを用いなければ、人は自分の真うしろを見ることができません。振り向けばうしろに、また振り向けばうしろに、うしろそれ自体は永遠に遠ざかっていきます。まさに、「うしろとは死ぬまでうしろ」なのです。そう認識すると、死が凝固したかのような浮き氷がほの暗い光の中に浮かびあがります。

われも亦《また》黒板消しに消される日

これも死をテーマにした句。黒板消しの一閃によって、縷々《るる》書き連ねられてきた生の白墨の跡は一瞬にして消し去られます。そして、あとには何も書かれていない黒いだけの板がしみじみと残るのです。

月光が怕くて母へ逃げこみぬ

もっぱら母恋いの句を集めた異色句集『於母影帖《おもかげちよう》』の一句。眞鍋呉夫ほどではないにせよ、この俳人も月光派、〈水に入るとき月光の喚びかな〉などの秀句があります。

初夢のいきなり太き蝶の腹

宇佐美魚目《うさみぎょもく》

思わずぎょっとする句です。

蝶といえば眼目は羽で、蝶の腹などというものは普通は認識されません。その部分が大写しになって目の前に迫ってくるのですから、申し分なくシュールな光景です。

こういう日常性から切り離されたものがぽんと突出してくるのは夢の特性ですが、それを盛る器として、俳句形式はきわめて重宝かもしれません。なにしろ、素材を読者の前にぬっと突きつけるだけで、説明する必要がないのですから。

作者は「ホトトギス」から歩みを始めた俳人で、ことさら奇想派というわけではありません。その作者に時としてこういう句が授けられるのも、俳句形式の恩寵でしょう。

でで虫の自在な肉も花あかり

こちらは本来の持ち味。肉と灯りのやわらかさが悦ばしく響き合っています。〈船霊《ふなだま》もくらげもゆれて夕明り〉も、怖さよりやわらかさの句。

第五章　戦後前衛俳句系

セレベスに女捨てきし畳かな

火渡周平《ひわたりしゅうへい》

戦後前衛俳句系（昭和二年生まれまで）を中心にした章を、この高名な一句から始めたいと思います。

最後に「かな」という切れ字が用いられています。「畳かな」の前に切れはなく、ひと息で読めるのに、実際は大きく切れています。

作者がいるのは日本の畳です。その上に座り、セレベス島に捨ててきた女のことを回想しています。その切れに内包されているのは、千里の海ばかりではありません。女を捨ててきた作者の虚無もまた投じられているのです。唯一の句集『匠魂歌《しょうこんか》』で作者は「当時の私は、虚無《ニヒル》とは何であるか、この課題が作句の要諦でもあった。虚無の極限を追求してやまなかった」と述べていますが、これは究極の一句と言えるでしょう。

頭蓋骨　世に葡萄の木ひかるばかり

究極の光景なら、この一句。一字空きに虚無がこめられたあとの美しい光景です。

雛壇のうしろの闇を覗きけり

神生《かみお》彩史《さいし》

〈抽斗《ひきだし》の国旗しづかにはためける〉という超現実句を詠んだ俳人の句です。

現実に飾られている雛壇のうしろの闇を覗いたところで、せいぜい虫の死骸が見つかるくらいで、何も恐ろしくはありません。なのに、この句は怖い。少なくとも私には、気絶しそうなほど恐ろしく感じられます。

観念上の雛壇に象徴されるのがこの世界の総体であるとすれば、そのうしろの闇は虚無へと続く果てしない深淵です。「けり」で切れるこの句のあとに、言葉はいっさいありません。世界のうしろにぬっと開く深淵では、もはや言葉の存在すら許されないのです。

三日月や縄がいっぽん張つてある

単純化された構図が不吉で美しい風景です。〈死神が毛糸の毬をころがせり〉〈赤い雲見えぬところにある屍〉など、暗色のシュルレアリストはほかにもさまざまな不穏な光景を見せてくれました。

ストロンチウム九〇　人間も獣も　がいこつとなって歩く

吉岡禅寺洞《よしおかぜんじどう》

「ホトトギス」から俳歴を始め、大正年間に「天の川」を創刊してのちに新興俳句と無季俳句を推進し、終戦とともに口語自由律に転向するなど、作風をめまぐるしく変えた俳人の戦後の句です。

水爆実験による死の灰を題材に採った連作の一句で、これまでは風化していたものが原発事故によってにわかにリアルに甦ってきました。〈ストロンチウム九〇に汚れ　桜咲きあふれている〉、元素名を変えれば、つい昨日の出来事のように感じられてきます。「骸骨」ではなく「がいこつ」とひらがなで表記されているのが、まさにやせ細った骨をイメージする喚起力の強い句です。

宇宙の異変　白鳥　剝製よりもしずかに

これも晩年の収穫。宇宙の孤児のような白鳥の姿が長く印象に残ります。前後の一字空きが動かず定まっています。

岬の会話茸は小人鮑は血

金子《かねこ》兜太《とうた》

戦後前衛俳句のビッグネームです。怖さという要素は受け手のセンサーによっておのずと変わるもので、なかには代表句でもある〈朝はじまる海へ突込む鷗の死〉〈彎曲《わんきょく》し火傷《かしょう》し爆心地のマラソン〉〈暗黒や関東平野に火事一つ〉などを「怖い」と感じる方もいるのでしょうが、どうも電圧が高すぎて怖さという文脈では採れませんでした。

その点、風の中からふっと生まれたようなこの句は謎めいた怖さが残ります。茸と鮑をなぜ符丁にする必要があるのか、それも小人と血とは……。因習とエロスの香りもそこはかとなく漂う不思議な句です。

林間を鬼とぶ野菜光る村

こちらは山間の地。野菜が光る村の近くに、いとも平然と鬼が出没します。

夢に友等死者のコップをからから括る

死者のコップには、もう水が入っていません。その乾いた音が聞こえるかのようです。

死後の名を彫るまひるまの磧礫《いしころ》に

佐藤鬼房《さとうおにふさ》

「石ころ」であれば何事も起こらないかもしれませんが、「磧礫」なら死後の名を彫るというおよそありえないことが成立します。〈一枚の屍衣《しい》日ざらしの沼を覆ふ〉もそうですが、真昼の神秘がシュルレアリスム絵画のように表れています。

毛皮はぐ日中桜満開に

赤い色彩が鮮烈な一句。血と陽光と桜花の三位一体のなかに、風土がくらぐらと立ち現れてきます。〈轢死現場に嬰児の笑ひ鰯雲〉は「轢」と「嬰」と「鰯」の三つの漢字が絶妙に響き合っています。それにしても、この嬰児はなぜ笑っているのでしょう。

葦のまはり雪消え死霊わだかまる

寒色の風景にも印象深いものがあります。〈梁寒くカフカの夜がまたも来る〉は芯から凍えそうな光景。〈胸ふかく鶴は栖めりきkao kaoと〉の鳴き声は長い余韻を残します。この死霊たちは、さてどんな低い声でつぶやいたのでしょうか。

ぶつかる黒を押し分け押し来るあらゆる黒

堀葦男《ほりあしお》

白い抽象画なら高屋窓秋の〈頭の中で白い夏野となつてゐる〉ですが、黒ならこの一句でしょう。

美術界に衝撃を与えたフランク・ステラの「ブラック・ペインティング」が連想されますが、それまで画家の特権でもあった表現を根こそぎ峻拒したステラの静的な作品に比べると、この作品は動的です。定型というキャンバスに塗りつけられた黒は間断なく動いています。黒の中心から泉のように湧きあがってくるデモーニッシュな黒が涸れることはありません。恐るべきことに、ここでは永久運動すら具現化されているのです。

さて、この俳句にはべつの読みもなされています。この「黒」とは黒い背広を着た男たちのことで、朝の駅頭の光景が表現されているという読みです。たとえ作者の意図がそうだったにせよ、やはりそれでは矮小化されてしまっていま一つ面白くありません。ここはやはり、黒い抽象画を現出せしめた究極の一句として鑑賞したいと思います。

デパートのさまざまの椅子われら死ぬ

島津亮《しまづりよう》

むかしはデパート、いまはショッピングモールのフードコート。家族連れでにぎわう場所には、必ず不在の椅子が置かれています。そのだれも座っていない椅子に、作者は永遠の不在を見ます。

いまは楽しく語らいながら食事をしている家族も、やがては散り散りになっていきます。喧噪と団欒のつい隣に、さりげなく据えられている無人の椅子。日常のなにげない光景も、詩人の目を通すとそこはかとなく不気味に変容します。都会全体を視野に収めた句には、〈雨をひかる義眼の都会　死亡の洋傘《かさ》〉などもあります。

怒らぬから青野でしめる友の首

代表句の一つ。友がもし怒ったなら、首をしめることはなかったでしょう。冗談だよと笑ってごまかしたかもしれません。でも、怒らなかったから、青野の中で友の首をしめつづけてしまった。同性愛の香りも漂う、異常心理を一行で描いた傑作です。

不安な世代完全な形で死ぬ電球

上月章《こうづきあきら》

オーソドックスな電球は、たしかに言われたとおり、フィラメントが切れることによって完全な形で死にます。内面だけが不意にぷつっと切れてしまう。その無機物の終わりに人間の精神の崩壊が重ね合わされているところが、この句の怖さです。

上の句が「不安な世代」ですから、学園紛争などの時代背景とともに語られることが多いでしょうが、青春期の一つの真実を貫く「完全な形で死ぬ電球」はかなりの普遍性をもっていると思います。夭折した歌人・中澤系に〈牛乳のパックの口をあけたもう死んでもいいというくらい完璧に〉という作品がありますが、電球が切れる音と牛乳パックを開ける乾いた音はともに響き合っているように思われます。

前世の罪フルートに一列ならぶ穴

少部数の句集しか持たなかった俳人ですが、一読忘れがたい不気味な句を残しました。このフルートの穴の深さ、整然と並ぶ列の無情さはどうでしょう。楽器はこのうえなく低い絶望の響きを聴かせてくれそうです。一列に並んでいる表層の穴の深さが「前世の罪」と見事にとらえられています。

死顔みてきて階段下の帽子掛

葬式の帰りとおぼしい作者は、階段下の帽子掛に不在のかたちを見ます。死者のたましいとまぼろしの帽子がさりげなく重ね合わされる、その発見の一瞬が怖い俳句です。帽子掛が置かれている場所は、どうあっても階段下でなければなりません。〈階段の裏みて裏みて棺おりる〉も救いのない句です。

摑んで切って大根の切口幽霊出る

幽霊を詠んだ句はさまざまにありますが、この出現の仕方はまことに意外です。荒っぽい句ではありますが、大根の白い切り口は世界それ自体の断面でもあります。下村槐太の大根の句も踏まえているのでしょうか。

やわらかいカーテンにとめ埋葬書

死に魅入られたような多くの試行錯誤を経て生まれた代表句です。塚本邦雄は「ほとんどシャンソンでも口遊《くちずさ》むやうに」と評しましたが、絶望を通り抜けたあとの軽さにはなんとも言えない響きがあります。

黄の青の赤の雨傘誰から死ぬ

林田紀音夫《はやしだきねお》

死に魅入られた俳人といえば、〈鉛筆の遺書ならば忘れ易からむ〉の作者の名を逸するわけにはいきません。この代表句から受ける印象は寡作な夭折俳人なのですが、実際はその生涯に膨大な句を残しました。

『林田紀音夫全句集』を繙《ひもと》くと、死のテーマが繰り返し変奏されていささか息苦しくなってくるほどです。〈水を飲み透明体の死を移す〉〈月になまめき自殺可能のレール走る〉〈煙突にのぞかれて日々死にきれず〉〈死は易くして水満たす洗面器〉〈死者の匂いのくらがり水を飲みに立つ〉〈万国旗垂れぬかるみの遠くの死〉など、枚挙にいとまがありませんが、この一句なら表題句を採りたいと思います。

黄の／青の／赤の／雨傘と吃音ぎみの切れを含みながら描き出された心弾む都会の光景は、「誰から死ぬ」で急転直下します。傘の動きがいっせいに止まり、ピンに変容するかのような戦慄の一瞬ですが、その群衆の中には作者自身も含まれていることでしょう。

帰り花鶴折るうちに折り殺す

赤尾《あかお》兜子《とうし》

「祈る」と「折る」は字面が似ています。祈りをこめて折りあげようとした鶴は、致命的な失敗の果てに放棄されます。

折り殺され、棄てられたもの。鶴になれなかった鶴。その痛ましい残骸には、晩年は鬱に苦しんだ作者の内面のほの暗い光が照射されています。

戦後前衛俳句の旗頭として活躍していたころの代表句の一つに〈音楽漂う岸侵しゆく蛇の飢〉がありますが、赤尾兜子の俳句自体が晦渋な現代音楽のようです。

広場に裂けた木塩のまわりに塩軋《きし》み

ささくれだつ消しゴムの夜で死にゆく鳥

塩がきゅっきゅっと軋む音、字が消えたあとも消しゴムを動かしつづける音。限りなく不協和音に近い音が強烈な印象を残します。

「広場に裂けた木」や「死にゆく鳥」。危機的な光景のなかに響く音楽。季語が入りこむ余地のない前衛俳句の一つの達成点がここにあります。〈「花は変」芒野《すすきの》つらぬく電話線〉〈機関車の底まで月明か　馬盥《うまだらい》〉なども忘れがたい作品です。

後年、伝統俳句に傾斜してからは、このような佶屈《きっくつ》な文体は影を潜めて平明になりますが、共通低音とも言うべき暗さが払拭されることはありませんでした。

大雷雨鬱王と会うあさの夢

顔がさだかでない「鬱王」の存在感には圧倒されます。大雷雨のあとのコーダの部分に鬱王が現れるという構造は、文体が変わっても変わらず音楽的です。

心中にひらく雪景また鬼景

鬼景がいかなるものか、鬱王の顔と同じく、描写はまったくありません。雪景と鬼景しかないモノクロームの心象風景に絶望の深さがうかがわれます。

炎天にさがす魂匣《たまばこ》旅終わる

長く苦しい旅の果てに、作者は次のような光景を見ました。

ゆめ二つ全く違ふ蕗《ふき》のたう

夢と現実が「全く違ふ」という絶望ではありながら、どこか美しく不思議な風景です。この句は、踏切事故で不慮の死を遂げた兜子の絶筆となりました。

山羊の首刎《は》ねる　女神へ合図の鉦《かね》

伊丹三樹彦《いたみみきひこ》

長いキャリアの途中から分かち書きを採用し、写真と俳句を融合した写俳でも一家を成した俳人です。分かち書きの成否は、ひとえに一字空きの必然性の有無にかかっています。句の内在律の要請により、言葉が自然に分かれれば成功ですし、単なる定型に堕してしまえば失敗です。

代表句の〈古仏より噴き出す千手　遠くでテロ〉もそうですが、一字の空白の中にダイナミックな動きが潜んでいます。写俳の巨匠らしく、その空白の中でカメラが大きく動いているのです。〈飯店　月光　どこかのノブが毀れている〉などを見れば、その動きの軌跡を確認できるはずです。〈まがなしき炎天の青　爆心地〉は、天から地へ、鮮やかな転換を見せています。

表題句は怪しい儀式のひとこまでしょうか。刀が一閃され、生け贄《にえ》の首が刎ねられます。その重い空白のあと、鳴り響く鉦の音が長い余韻を残します。

杭のごとく
墓
たちならび
打ちこまれ

高柳《たかやなぎ》重信《じゅうしん》

多行形式の成否もまた、行分けの必然性の有無にかかっていると言っても過言ではないでしょう。この句が現出せしめるのは、まさに多行ならではの光景です。何か超越的な意志によって「杭のごとく」「たちならび」「打ちこまれ」ている「墓」。一行にすればたちまち霧消してしまう危機的な光景がここにあります。

吊るされて
一《ひと》夜
二《ふた》夜と
揺れるばかり

これまた多行形式でなければ、虚空に吊るされて揺られている光景が伝わってきません。

それぞれの行の言葉のあとの余白は、深い闇でもあります。〈まなこ荒れ／たちまち／朝の終りかな〉〈孤島にて／不眠の鴉／白くなる〉などにも見られる喪失感は、作者の共通低音とも言うべきものです。絶望の吐息とともに、行がふわりと分かれていくイメージを確認してみてください。

ほかにも代表句の〈身をそらす虹の／絶巓《ぜってん》／処刑台〉〈船焼き捨てし／船長は／／泳ぐかな〉など、多行形式でなければ表現できない視覚的な重層性を追求し、多くの成果を得た作者ですが、怖い俳句は伝統的な一行句にも見えます。

　六つで死んでいまも押入で泣く弟

高柳恵幻子《たかやなぎけいげんし》という俳号を用いたこともある作者は、視る体質の人だったようです。それかあらぬか、〈淋しい幽霊いくつも壁を抜けるなり〉〈幽霊も鬱なるか傘さして立つ〉など、幽霊を詠んだ句が散見されます。ただし、心にしみるのは「幽霊」という言葉が登場しない「押入で泣く弟」の句です。

最後に、晩年の悲痛な渾身の一句を引きます。

　友よ我は片腕すでに鬼となりぬ

水を、水を　水の中より手がそよぎ

坂戸《さかと》淳夫《あつお》

謎めいた句です。「水を、水を」とかすかな声を発しているのは、そよぐ手の持ち主でしょう。砂漠にいるのならともかく、水の中にいるたましいが水を欲するのは不自然です。してみると、「まわりを埋めつくしている（自分を死に至らしめた）水をどけてくれ」と訴えているのかもしれません。そう解釈すれば、存在の胸苦しさが伝わってくるかのようです。

俳壇の中枢とは離れたところで、小部数ながら美しい造本の優れた句集を多く上梓した作者には、ほかにも〈怨霊の往き来の道のひとのこゑ〉〈二三人死人映りし曼珠沙華〉〈死際の鯉に虚空が見えはじむ〉〈冬菫《すみれ》すこし高きは縊死の足〉〈走らねば荒野のあの火消えてしまふ〉〈人の世へしづかにうごくもの　沙漠〉などの秀句があります。

さりげなくて怖いのは〈墓を去るとき墓に映りしもの何ぞ〉。朧げな影を宿した墓石のひんやりとした感覚が、読み手のうなじにもそこはかとなく伝わってきます。

枕辺に夢みよと誰が藁捨て置く

大原《おおはら》テルカズ

この章を昭和以前生まれで括らなかったのは、ひとえに昭和二年生まれ（平成七年没）のこの異形の俳人で締めくくりたかったからです。

表題句で藁を捨てていくのは、顔の見えない悪魔のたぐいでしょうか。たとえその藁にすがって夢を見たとしても、結局は悪夢で終わってしまいそうです。この胸苦しさ、そして存在の冥さは、句集を『黒い星』と名づけた暗黒詩人ならではでしょう。

左よりわが埋葬を救うシャベル

本当に作者は救われたのでしょうか。いままさに生き埋めにされようとしているところを助け出されたとしても、シャベルを持つさだかならぬ存在は、顔に嫌な笑みを浮かべていそうです。

鶏殺すこと待て海を見せてから

残酷な抒情が忘れがたい句です。鶏を殺すことを止めている作者は、関わりのない外部から来たのではありません。殺される寸前の鶏は作者の分身でもあります。

ほかの句にも、〈懶惰《らんだ》てふ體内の墓地晩夏光〉〈からだなき干物の袖火事明り〉など、断じて救済ではないけれども超越的な光がほの見えます。その光は、殺される前の鶏が見る海で揺れていた光でもあるでしょう。

もう一冊の句集『私版・短詩型文学全書6　大原テルカズ集』には、暗黒シュルレアリスム絵画を彷彿させる作品がいくつも見られます。

　鼠いつせいに皮を脱ぐしかも赤い広場

これはモスクワの赤の広場を踏まえているようにも思われますが、次の諸句はどうでしょうか。

　眼底階段陰毛をつぎたし吹かれ

　積木の狂院指訪れる腕の坂

　眼底階段一本の毛が傘をさし

　狂院格子兵隊の耳奇数で飛ぶ

なんという美しく幸薄い奇想でしょう。そして、狂気と紙一重の緊張感でしょう。こういう優れた俳人が忘却の淵に沈んだままでいるのは、なかなかにいぶかしいことです。

第六章

女流俳句

物《もの》の怪《け》のつく時眠し青芒《あおすすき》

長谷川《はせがわ》かな女《じょ》

この章では女流俳人を特集します。現在では女性の俳人は数多く、百花繚乱の趣ですが、初期はまことに寥々《りょうりょう》たる数でした。ここでは先駆者から昭和生まれ以前までに範囲を限り、女流俳人の怖い俳句を選んでみました。

まずは明治二十年生まれのかな女から。代表句の一つ〈呪ふ人は好きな人なり紅芙蓉《べにふよう》〉は、女流ならではの心理の怖さと華やかさを兼ね備えた句です。好きでなければ、呪いはしない。そういえば、「祝う」と「呪う」は字面が似ています。

怪奇趣味とまでは言えないまでも、かな女には表題句のような作品が散見されます。物の怪が現れるときに抗しがたい眠気を催すのは実際にあるそうですが、ざわざわと風に揺れる青芒のさまが不気味です。

〈眠気憑き大きく蜘蛛の這ひて来る〉も甲乙つけがたい句。〈闇汁の蓋に乗りたり闇の小人〉は意表をつく発想です。

二重人格に消し吾《に》れがふと蚊帳《かや》に居し

竹下《たけした》しづの女《じょ》

代表句の〈短夜や乳《ち》ぜり泣く児を須可捨焉乎《すてつちまをか》〉のタンカに見て取れるように、直情の男まさりの俳人です。実作のみならず行動の人で、のちに学生俳句連盟を結成して指導を行いました。

いまはほとんど使われていませんが、蚊帳の中にいると、どちらが内か外かふとあいまいになる瞬間があったりしました。蚊帳の中に座っているのは抜け殻で、本来の自分はいつのまにかそっと抜け出してしまっている、そんな感じに囚われたものです。

この二重人格には、「悲しみを含むさまざまなものを背負わされている女」と「男に伍して行動する俳人」を重ね合わせることもあるいは可能でしょう。〈狂ひたる我の心や杜若〉といった内面を観る句でも、しづの女の詠みぶりはどこか男性的でドライです。〈書庫瞑しゆうべおぼろの書魔あそぶ〉〈颱風鬼《たいふうき》吾が唇の朱を奪ふ〉、「書魔」「颱風鬼」といった大胆な造語も特徴の一つです。

草いきれ妖星さめず赤きかな

杉田《すぎた》久女《ひさじょ》

赤と緑のコントラストが鮮やかで、いい画題になりそうな句です。燃えているのは火星と思われる彼方の星ですが、そこには作者のたましいも含まれているかのようです。久女の代表句に〈谺《こだま》して山ほととぎすほしいまま〉がありますが、そのほしいままに鳴く鳥の声には、おそらく作者の内面の叫びも交じっているでしょう。

このように全力投球型だった女流俳人は、その思いこみの強さがあだとなる部分があって、ついに「ホトトギス」を除籍処分となり、晩年は寂しい人生を送ることになってしまいました。

杉の根の暗きところに一人静か

発見されたのは花ではありません。孤独な俳人自身ではないでしょうか。

夜光虫《やこうちゅう》古鏡の如く漂へる

その古鏡には、思いつめた女の顔がいくつも映っているような気がします。

鶏《とり》しめる男に雪が殺到す　橋本多佳子《はしもとたかこ》

代表句の一つに〈いなびかり北よりすれば北を見る〉があります。超越的な光に対峙するまなざしが印象深い句ですが、表題句の雪もまた彼方からこの場所へ越境してきたもののように感じられます。

鶏の首をしめる人間の意志と、それに抗議するかのようにふりしきる雪。ことさらに超自然的なものは詠まなかった俳人ですが、人間と彼方からの力を一つの情景の中に配置する力量には秀でたものがありました。これも代表句〈乳母車夏の怒濤によこむきに〉も、同じ構図でとらえることができるでしょう。

万燈の一つが消えて闇あそぶ

灯りが一つだけ消えたあと、ふっと揺らいだ闇を見据えた句。〈一ところくらきをくぐる踊の輪〉もそうですが、そのわずかな闇はさりげなく開いた超自然への通路なのかもしれません。

一片の餅に血がさす誰か死ぬ

三橋鷹女《みつはしたかじょ》

四Sにならい、女流俳人の四T（中村汀女《なかむらていじょ》、星野立子、橋本多佳子、三橋鷹女）が有名になりましたが、「怖い俳句」なら鷹女が他を圧倒しています。
代表作のなかにも慄然とする句があります。

この樹登らば鬼女となるべし夕紅葉

恐怖というものは、奈落や穴など、往々にして下向きに発動します。初期作品に〈夏藤のこの崖飛ばば死ぬべしや〉がありますが、これはある意味ではわかりやすい恐怖と言えるでしょう。
一方、この句の場合は垂直に上へと向かいます。存在の芯を抜かれ、ふっと虚ろになるような感覚はあまり類を見ません。まさに恩寵の一句でしょう。

囀《さえずり》や海の平らを死者歩く

この句では、まなざしは遠くへ注がれます。〈大寒の死霊を招く髪洗ひ〉など、巫女を彷彿させる作者の目に映ったのは、彼方の水平線の上を蹌踉《そうろう》と歩む死者の群れでした。耳に響く鳥たちの囀りには、死者がささやく声も交じっていることでしょう。

表題句はさほど有名ではありませんが、恐怖度では随一です。

さしている血は文字どおりの血なのか、あるいは血のように赤い夕ぐれの光なのか判然としませんが、巫女である作者はその赤にまぎれもない凶兆《きょうちょう》を見ます。

占いの鏡と化した白い餅は、恐るべきことに、世界の総体と等価になります。この世界のありとあらゆる形象の背後に存在している白い原形質のぶよぶよしたもの、それが結晶化したかのような餅に神託の血がさすのです。これはもう「誰か死ぬ」のは疑いのないところでしょう。それが誰であるか、むろん俳句は何も語りません。

風花の窓開きなば狂ふべし

ここではない、どこかへ――そんな思いが読み取れる句が鷹女には散見されます。〈この樹登らば鬼女となるべし夕紅葉〉もそうですが、目に映っている風景――夕紅葉や風花の窓は、ため息をつくほど美しく提示されています。

美しさといえば〈藤垂れてこの世のものの老婆佇《た》つ〉の藤も忘れることができません。現れているのは「この世のもの」ですが、没後の精霊が二重写しになって揺れています。

縊死の釘跡かたもなし藤のころ

清水径子《しみずけいこ》

藤つながりでこの句を。

ここでも二重写しのマジックが息づいています。静かに揺れていた縊死体は、その釘が跡かたもなくなるころ、藤になって風に吹かれます。非業の死を遂げた者にとっては、これは何よりの恩寵でしょう。

霜白し死の国にもし橋あらば

重ねて響く「し」が印象深い句。死の国にもし橋あらば……なつかしい人の足跡が白い霜の中にかすかに浮かびあがるかもしれません。

寒卵こつんと他界晴れわたり

他界の消息を折にふれて伝える作者ですが、これは極め付きの一句。こつんとたたくだけで、卵の内部が晴れわたった他界にいともたやすく変容してしまいます。俳句ならではの瞠目すべきマジックです。

六月の皿に盛りたる人の顔

栗林《くりばやし》千津《ちづ》

人の顔をかたどった料理はお子様ランチなどによくある意匠ですが、改めてこう詠まれてみるとぎょっとさせられます。これはひとえに、皿のつるつるした表面が人間の顔の皮膚と共鳴するからでしょう。切り取られた人の顔が文字どおりに盛られている、そのぶよぶよしたものが見えると解釈すれば、こんなに気色の悪い句もありません。

百鬼みな白菜となり姥捨山

怪奇と諧謔は紙一重、どことなくユーモラスな光景でもあります。〈人死んで沼へあつまるシャボン玉〉〈人間にふと連れ笑ひせし蛇か〉、このあたりの句も、怖さとべつの感情との微妙なあいだを巧みについていています。

口開けて死が待つてゐる万緑

万緑は生命力の象徴でもありますが、風騒ぐ森の中に分け入れば、死が口を開けて待っています。雄大な構図（デッサン）と言葉の切り取り方（絵の具）がマッチした秀句。

貌《かお》が棲む芒《すすき》の中の捨て鏡

中村苑子《なかむらそのこ》

いちめんの芒の中に、ぽつんと一枚、鏡が捨てられています。その中に、人知れずえたいの知れない貌が棲みついています。それがいかなる貌なのか、なぜ鏡の中に棲むようになったのか、俳句は何も説明してくれません。

高柳重信とともに「俳句評論」の中心人物として活躍したこの女流俳人の第一句集は、その名も『水妖詞館』。のちの句業も併せて怪奇幻想句には事欠きませんが、表題句には、読者がどうしても貌の怪しさを打ち消すことができないこの句を選びたいと思います。鏡を捨てた者が貌として宿るようになったのか、あるいは物の怪のたぐいが棲みつくようになったのか、これまた短すぎる俳句の言葉は伝えようとしません。

死後の春先づ長箸がゆき交ひて

見えているのは、骨あげをする箸でしょうか。音のないあいまいな世界で、長い箸だけがゆっくりと動いていています。その静かにゆき交うものに注がれているのは、まぎれもない死者のまなざしです。〈桃いろの拳をほどく死後の春〉では、赤ん坊に転生した死者がおもむろに拳をほどきます。

自在なたましいは、死後のみならず、〈前生《さきしよう》の桔梗《ききよう》の朝に立ち昏らむ〉と前世にも旅立ちます。〈春の日やあの世この世と馬車を駆り〉〈黄泉に来てまだ髪梳《す》くは寂しけれ〉、代表句にもその異界への旅の光景は鮮やかに息づいています。

船霊《ふなだま》や風吹けば来る漢《おとこ》たち

作者の分身が異界へ旅するのではなく、「向こう」から来る秀句もあります。戦争で沈んだ船の乗組員でしょうか、風が吹けば、なつかしい顔の男たちが霧の中から一人また一人と姿を現します。〈翁かの桃の遊びをせむと言ふ〉、これも尋常な翁とは思えません。謎めいた「桃の遊び」とは、人の歴史が始まる前から伝えられてきたものではないでしょうか。

跫音《あしおと》や水底は鐘鳴りひびき

鈴が鳴るいつも日暮れの水の中

この鐘や鈴の音は、この世とあの世をつなぐほの暗い場所で響いています。近づいてくる跫音は、生きている他者のものとも、転生してまた歩きだす自分のものとも解釈できるでしょう。この水と羊水を重ね合わせるという、うがった見方もできるかもしれません。

梁《うつばり》に紐垂れてをりさくらの夜

梁に垂れる紐が見え、少し遅れて桜が見えます。そのあいだに、一瞬だけ浮かぶのは梁から垂れ下がった縊死体です。背景で夜桜が咲き誇っているからこその魔術でしょう。〈夕ざくら家並を走る物の怪よ〉、桜には怪しのものがよく似合います。

月赤くひとりふたりと消えし谿《たに》

これも背景の赤い月があればこその句です。恩寵めいた赤い月あかりを浴びながら、一人ずつ他界へといざなわれていくのです。

春の鳥ただならぬもの咥《くわ》へをり

ただならぬものとは何か、読者の想像にゆだねて不意に終わってしまう俳句ならではの技巧です。楽しげに囀っていた春の鳥だからこそ、落差のあるただならぬものが不安をかき立てます。

みな何故か吊るされてある姿見よ

鏡で始まったこの項を、姿見で閉じます。吊るされている姿見に、またしても一瞬だけ縊死体が映ります。そのあとは、宙吊りになったあまたの鏡が静かに揺れるばかりです。

ひとりゐて刃物のごとき昼とおもふ

藤木《ふじき》清子《きよこ》

戦前、彗星のように現れ、昭和十五年に筆を折って消息を絶った女流俳人です。再婚時の条件が俳句をやめることだったという説が有力ですが、その後の人生はつまびらかではありません。

刃物を月光にかざせばいたってわかりやすい怖さになりますが、この句は昼、しかも明喩としての刃物です。不穏な静けさと現実の刃物の不在が、逆にそこはかとない怖さを生んでいます。

昼といえば〈しろい昼しろい手紙がこつんと来ぬ〉という句もあります。斎藤史の短歌〈白い手紙がとどいて明日は春となるうすいがらすも磨いて待たう〉は心弾む思いが伝わってきますが、この句はどこかアンニュイです。その白い手紙を開いても、何も書かれていないような気がしてなりません。もう一句、〈まひるましろき薔薇《ばら》むしりたし狂ひたし〉は心情を吐露した句。初めの七文字のかな表記に鋭敏な感覚がうかがわれます。

雪こんこん死びとの如き男の手

鈴木《すずき》しづ子《こ》

時代は少し下りますが、失踪つながりでもう一人伝説の女流俳人を採り上げてみます。戦後、句集『春雷』が評判となって新進俳人として迎えられたものの、紆余曲折を経てダンスホールで働くようになったしづ子は、ある黒人軍曹と知り合って同棲します。しかし、恋人は朝鮮戦争から重度の麻薬患者となって帰還、本国へ戻ってほどなく死んでしまいます。絶望を募らせたしづ子は膨大な句稿を師に送ったあと、昭和二十八年に岐阜の各務原で消息を絶ったのでした。

〈夏みかん酸つぱしいまさら純潔など〉〈まぐはひのしづかなるあめ居とりまく〉〈ダンサーになろか凍夜の駅間歩く〉など、デスペラートな心情を詠ったしづ子調は表題句にも息づいています。「死びとの如き」なのは、むしろ作者のほうかもしれません。〈自殺者の手記のなかなる星のこと〉〈コスモスなどやさしく吹けば死ねないよ〉といった暗さのなかの抒情にも忘れがたいものがあります。

鏡餅暗闇を牛通りけり　　桂《かつら》信子《のぶこ》

モノクロームの不気味な世界です。

鏡餅の白と、暗闇の黒。そして、白黒がまだらになった牛。世界に存在しているのはそれだけです。鏡餅が白い死で終わる人間の営みの象徴、暗闇が原初の闇だとすれば、息を吐きながら通るまだらの牛はデモーニッシュな力を具現化したものでしょうか。句に詠まれたさりげない現実が、極限にまで抽象化された世界へと昇華していくこともあります。

日野草城門の新興俳句系女流俳人として一家を成した作者には、師ゆずりの華やかな色遣いの句もあります。

悪まざと見え鶏頭のこの真紅

試みに、この赤から白へとグラデーションをつくってみましょう。〈西日さし入る喪の家の皿の数〉は、夕日にしみじみと照らされた皿の白さのほうにむしろ力点があります。〈山茶花の白のたしかさ死のたしかさ〉、この白は、あの鏡餅の白に通底しています。

薄眉や藤房の下おそれつつ

中尾《なかお》寿美子《すみこ》

美しく翳《かげ》っている藤房の下は、さりげなく開いた異界への入口のようです。この秘密めいた場所を常ならぬ薄眉で通ると、いともたやすく別の世界へ足を踏み入れてしまいそうです。

このような美しくも恐ろしい場所は、中尾寿美子の俳句の随所に見ることができます。〈死後の景すこし見えくる花八つ手〉はこの世と地続きのところにわずかに死後の景色が見えます。〈浦の春幻のふと物めくも〉は、物が幻めくのではなく、幻が物めくというさりげない転倒が鮮やかです。

〈まくなぎが眼を奪りにくる平家塚〉〈仏壇の水の減りゆく蝶の昼〉、蝶はさまざまな亡霊の化身としてこの世で羽ばたきます。〈鬼の影つつじが原にかかりけり〉〈もがり笛にはとりはもう目が見えぬ〉〈永遠があるとき見ゆる青みどろ〉〈白蛾くる山また山の夕鏡〉など、まさに変幻自在の妖しい世界です。

あやかしの時刻夕顔十余り

横山《よこやま》房子《ふさこ》

夫の横山白虹《よこやまはくこう》も高名な俳人で、夫婦ともに全句集がありますが、怖い俳句なら夫人のほうに軍配が上がります。

逢魔が時はあやかしの時刻、ひっそりと咲く十余りの夕顔のなかには、さりげなく死者の顔も交じっていそうです。

寒月光覚めしばかりに家怖ろし
月光に白き磧《かわら》のせり上る

だれかいる、もしくは、そこからだれかが現れるという感覚を抱かせるのも、月あかりのマジックでしょう。家の怖ろしさは、ことによるとこのまま持続して消えないかもしれません。

短篇小説を彷彿させる句もあります。〈赤き布ただよひ屍体さかのぼる〉〈枯山のホテルにポーの黒猫飼ふ〉、いずれも怪しい物語の書き出しのようです。

冥界と人に言はれて吾が跫音

松岡貞子《まつおかさだこ》

耳に届いているのは自分の跫音です。その調子がいくらか変だなと思っているうち、「ここは冥界だよ」という声が響いて愕然とします。もうどこへも引き返すことはできないのですから。悪夢の一句です。

句集の一章をすべて蛇に費やした異色俳人です。〈押入に階段かくし蛇は逝く〉〈蛇は移り暗きところを明らかに〉〈いちにちは母のかたちに蛇うねる〉、いずれも内面でとぐろを巻く観念の蛇です。

生前の如きものおと雑木山

これも悪夢の手ざわりがあります。作者の視点はいったいどこにあるのでしょう。雑木山で目を覚ました死霊の一つなのでしょうか。

秋まひる人形毀し怖れけり

うっかり首を取ってしまったのかどうか。人形の内部の空洞と秋の空気が共鳴します。

ホントニ死ヌトキハデンワヲカケマセン

津田《つだ》清子《きよこ》

カタカナ表記が長く印象に残る一句です。

体調が芳《かんば》しくないのか、あるいは精神状態が悪いのか、いずれにせよ「死ぬ、死ぬ」という電話をかけたあと、ふと闇に向かってつぶやかれた言葉。書かれなかった下の句には「……化ケテ出テアラワレマス」とありそうで恐ろしくなります。

生と死の両方を見ている存在の危うさを見事に伝えているのは、異化されたカタカナ表記です。〈木の葉散る別々に死が来るごとく〉、その木の葉のようにカタカナが散っているようにも見えます。すべての葉が散りきったあとに残るのは「死」だけです。「デンワ」が「電話」だったら、せっかくの着想が台なしでしょう。

髑髏《されこうべ》磨く砂漠の月日かな

意欲的な「砂漠」連作の一句。〈自らを墓標となせり砂漠の木〉〈風に研がれて砂純粋に純粋に〉、砂漠にはモノクローム な無季俳句がよく合います。

鴨のこゑそのうしろより闇のこゑ

野《の》澤《ざわ》節《せつ》子《こ》

鴨の鳴き声のうしろの闇から、だれかが声を発した——俳句に詠まれたのはおそらくそんな実景でしょう。しかし、世界に向かって発せられたのは、闇それ自体の声であるとも解釈できます。鴨のこゑよりはるかに低い、顔の見えない闇のこゑ、それを想像すると慄然とさせられます。

狂院の奥ざわざわと西日透く

今度はうしろではなく奥です。世界の「その先」を見据えるという点では同じ姿勢と言えるでしょう。これも怪しい声が聞こえてきそうな一句。

蛇ゐたる跡を影濃く通り過ぐ

空間ではなく、時間における「その先」です。おぞましい蛇がいた跡を、わが濃い影が通り過ぎていきます。不在の蛇と実在の影、二つの黒いものが重なった瞬間、蛇に憑依されてしまいそうな不気味さのある句です。

いつまでも骨のうごいてゐる椿

飯島晴子《いいじまはるこ》

椿の花が落ち、風に吹かれてなお揺れています。その蘂《しべ》のふるえを見た俳人によって、「いつまでも骨のうごいている」と描写された椿は、墜死した人体へといともたやすく変容します。

白き蛾のゐる一隅へときどきゆく

家の物置でしょうか、食糧の置き場でしょうか。ときどき訪れる場所には必ず白い蛾がいます。動く主体が蛾ではなく人間であるだけに、蛾には普遍に通じる神秘性が付与されます。

これ着ると梟《ふくろう》が啼くめくら縞《じま》

これも神秘性を付与された生き物ですが、縞模様の抽象性と梟の啼き声を連関させる理知の冴えは、評論にも健筆を振るった作者ならではです。もう一句、〈春の蛇座敷のなかはわらひあふ〉は凶兆の予感をそこはかとなく孕《はら》んだ不気味な句。

蟲しぐれ死の空間は卑弥呼めく

河野《こうの》多希女《たきじょ》

句集初出の「蟲」の表記を採りました。江戸川乱歩の小説と同じく、「虫」ではどうも怖さが台なしです。

俳句にしては情報量が多すぎるのはこの作者にときどき見られる難点ではあるのですが、この句に関しては成功を収めています。まず音があり、空間があります。死の空間は古墳の闇でしょうか、それとも塚の内部でしょうか。いずれにせよ、蟲しぐれだけが響く空間の向こうから古代の女王の影が近づいてきます。音→空間→時間という三段跳びが五七五の定型に沿って行われる異色作です。

象《かたち》ある睡蓮かたち無き奈落

目に見える睡蓮は漢字の「象」、その下の見えない奈落はひらがなの「かたち」という表記が冴えています。ほかに、〈注連《しめ》古りし一樹殺気のみどり苔〉〈山姥の貌を見せたる破《や》れ蓮《はちす》〉〈鳥兜の花裏門もあやかしに〉など。

狂ひ声して炎昼《えんちゆう》の貨車長し
鷲谷七菜子《わしたにななこ》

貨車の向こうで、調子の外れた声が響きます。長い貨車が通り過ぎたとき、向こう側に立っている者は果たしてどんな表情を浮かべているのでしょう。風のない炎昼にふさわしい怖い句です。

炎昼に崩壊するのは他者の精神ですが、月夜には〈浴びる月光身の奥何か壊れゆく〉と自己がゆっくりと壊れていきます。

壊れるのは人間ばかりではありません。むしろほころびると言ったほうがふさわしいかもしれませんが、〈ちがふ世の光がすべり芒原《すすきはら》〉では世界の崩壊した部分から異界の光が滑りこんできます。〈しんしんと桜が湧きぬ墓の闇〉〈人死にし家裏かつと蟬の山〉でも異界の消息はたしかに伝えられています。

眼のごとき沼あり深き冬の山

深山《みやま》に潜むこの眼は、不意に瞬きをしそうです。

てのひらに鬼こがらしの吹きはじむ

寺井《てらい》文子《ふみこ》

風変わりな巫女のイメージです。

てのひらに乗っているのは鬼の人形でしょうか、それとも、本物の小鬼でしょうか。あるいは、鬼という字が書かれているのでしょうか。どう解釈しても割り切れない部分が残ります。

底なしの匣《はこ》に葬《ほうむ》る百日草《ひゃくにちそう》

これも不思議な句。作者は神生《かみお》彩史《さいし》に師事し、のちに永田耕衣に私淑《ししゅく》した俳人ですが、彩史の〈抽斗《ひきだし》の国旗しづかにはためける〉とも一脈通じる空間が広がっています。

いづこより来てまばたくや秋の暮

まばたく主体の顔はまったく見えません。秋の暮の世界それ自体が静かにまばたくばかりです。〈白鳥を雪の蝙蝠傘《こうもりがさ》につつむ〉にも特徴的な、静謐《せいひつ》なモノクロームの世界が印象深い句です。

唇紅折れ鬼という字を書きちらす

八木《やぎ》三日女《みかじょ》

鬼つながりですが、こちらは激情の句。書きちらされた無数の鬼という字が、ほどなく怒りに歪んだ、あるいは狂気に憑かれた女の顔に変容します。鬼、鬼、鬼、鬼……と折れた口紅で書きなぐる女の表情を想像すると鬼気迫ります。

死にかけた子が黒鬼の絵を画いた

〈満開の森の陰部の鰓《えら》呼吸〉〈涙より透明な湖沈むトルソー〉などの前衛俳句で知られた作者からは、もう一つ鬼の句を引いてみます。

この黒鬼の正体はいったい何でしょうか。画いたのは死にかけた子なのですから、臨死体験のなかで見てしまったものなのかもしれません。

怒りの赤鬼と死の黒鬼。人間の怖さと異界の怖さ。恐怖のありようは違いますが、好一対と言えるでしょう。

遠くきて死は照りわたる紫蘇《しそ》ばたけ

澁谷《しぶや》道《みち》

出世作の〈馬駈けて菜の花の黄を引伸ばす〉の黄色も鮮烈ですが、この底光りのする紫色も印象深いものがあります。独特の苦みがあり、透明感のない色に染まっている紫蘇は、なるほど死のアナロジーになりそうです。

また、この句に植わっているのは紫蘇ばかりではありません。「き」「死」「り」「紫」のi音のつらなりが効果を上げています。同じ死の句でも、〈草の絮《わた》うすうすと死も飛んでいる〉ではu音に変わります。「飛んでおり」ではなく「飛んでいる」でなければ浮遊感覚が生まれません。

漆黒《しっこく》の夢の切れ目に鴫のこえ

今度はモノクロームの世界です。黒いキャンバスに白い亀裂の入った抽象画の小品のようです。〈魂つよき鸚鵡《おうむ》の死後のうす氷〉は不思議な色彩感覚の句。句集ならぬ画集ができそうです。

第七章
自由律と現代川柳

踊の輪われを包めり

河東《かわひがし》碧梧桐《へきごとう》

新傾向俳句の大看板として一世を風靡した碧梧桐の晩年は寂しいものでした。何度も転換された作風は、袋小路としか思えないルビ俳句で行き詰まり、ついに還暦をもって引退を宣言、その後ほどなくして亡くなりました。自らの詩精神を追求するあまり、「ここから先へはもう行けない」という壁に突き当たって沈黙を余儀なくされた俳人は、作風は違いますが碧梧桐と富澤赤黄男が双璧ではないかと思います。

長いルビ俳句は率直に言って首をかしげるばかりですが、〈薔薇剪《き》りに出る青空の谺〉など、短い自由律俳句には秀句があります。とりわけ表題句は、これ以上削ぎ取ることができない言葉で構成されています。他者の群れである踊の輪は、デモーニッシュな力に満ちあふれているかのようです。それが「われ」を包み、もう抜けられないと卒然と悟ったとき、言葉も不意に終わってしまうのです。踊の輪＝新傾向俳句という世俗的な解釈はいたしますまい。踊の輪＝根源的な力と解すれば、恐ろしい沈黙の余韻が残ります。

にんげん、蛇の這いすがる大水の枝にすがるとする

荻原井泉水《おぎわらせいせんすい》

明治末期に「層雲」を創刊し、尾崎放哉《おざきほうさい》や種田山頭火《たねださんとうか》などを育てた自由律俳句の立役者です。句作や評論・編著など、九十一年の長い生涯に膨大な著作を遺しました。

しかしながら、こと怖い俳句となると、なかなか見つけることができませんでした。表題句は昭和三十三年の狩野川台風の惨状に接したときの句。平時には詠まなかった恐ろしさが表れています。

「にんげん」というひらがな表記、さらにそのあとの読点が、どうにかして枝にすがろうとする人間の手の痛ましい動きを視覚的にとらえています。同じ連作でも〈人、箱舟にて流れゆくそれが家なりし〉は一文字の漢字でなければなりません。

落ちる日が地平に落ちるまえの快速列車で

この列車は脱線転覆してしまいそうな気がするのですが、思い過ごしかもしれません。ほかに〈古い石垣とおろちのような藤の老木、冬〉〈蝶死んでいる飛んでいるままの羽で〉。

口あけぬ蜆《しじみ》死んでゐる

尾崎放哉《おざきほうさい》

死んでいるのは何でしょうか。むろん書かれているとおり蜆ではあるのですが、世界それ自体であるかのようにも感じられてくるのは、余分なものを極限まで省いた言葉の力でしょう。また、口あけぬ蜆をしみじみと見つめている作者の内面も、そこには投影されています。外部であって内部でもある、死んでいる蜆。その開かない殻のたたずまいが胸に迫ります。〈釘箱の釘がみんな曲つて居る〉も痛ましい光景です。これまた曲がっているのは釘であって釘ではありません。

墓のうらに廻る

高名な句ですが、これもただの「墓のうら」ではないように感じられます。そこは世界の裏面であり、ひとたび足を踏み入れてしまえば、もう二度と光あふれる場所には戻れなくなってしまうのです。実際に「墓のうら」に廻ってしまった放哉の、存在の重みが感じられる一句です。

それは死の前のてふてふの舞

種田《たねだ》山頭火《さんとうか》

死んでいくのは蝶々でしょうか。……いいえ、それを見る「私」です。末期の目――実際には句を書きとめているわけですから、自らの末期を想って見る蝶々の舞は、哀しいほどに美しかったことでしょう。

山頭火には、ほかにも死の秀句があります。

　死をひしと唐辛まつかな

赤く密閉された唐辛子の怖さについては、すでに記しました。〈風鈴の鳴るさへ死のしのびよる〉ではまだ「説明」が行われていましたが、ここでは余剰な言葉がすべて削ぎ落とされています。

　そこに月を死のまへにおく

　死のしづけさは晴れて葉のない木

その木の向こうへ、目に蝶の舞を宿しつつ、山頭火は還っていったのでしょう。

大きな字を書いて死んでしまった人の字のうごき春の夜

中塚《なかつか》一碧楼《いっぺきろう》

字が大書されています。いまにも蠢きだしそうな躍動感のある字ですが、これを書いたのは故人です。

では、いったい何と書かれていたのでしょう。文字数の多い自由律ですが、ここでも謎は謎のまま残されます。

縊死者《いししゃ》の家の井の端も芋の葉も見た

たたみかけるようなi音のつらなりが、最後の「見た」のa音で救われたかのように思われます。しかし、「見た」のは木の枝で揺れている縊死体なのです。

蛇ころしたる空の青さの和み

日覆を掛け小さい魚一つ一つを殺す

蛇を殺したあとに見上げた空の青さは、殺伐とした心を癒してくれました。しかし、日覆を掛けてしまえば、もはやそのような救いはありません。

死んで俺が水の中にすんでる夢だつた

河本緑石《かわもとろくせき》

採り上げた自由律俳人のなかでは知名度は劣りますが、このテーマなら最も注目すべき俳人です。

盛岡高等農林では同窓の宮澤賢治らと同人誌「アザリア」を発刊し、画家との交流もあって自身も表現主義風の絵を描きました。郷里の鳥取県に戻ってからは、農学校の教師として奉職、生徒からは「ホトケさん」と呼ばれて慕われていました。農学や数学などを教えるばかりでなく、作詞作曲や楽器演奏、水泳や短距離走に至るまで、抜きん出た力を発揮していたそうです。

しかし、緑石の胸のうちには、鬱屈した暗いものも流れていました。

私の胸に黒い夜沼の蛇だ

暗い空の雪風に眼がゐる

狂つた時計ばかり背負わされてゐる

冬の夕焼さびしい指が生えた
死を見守る蠅とその蠅の影

その絵とも通底する表現主義の自由律俳句は、いま読んでも新鮮です。〈月夜明るく遠き世の人へ打つ鉦〉〈荒海の屋根屋根（または「あらうみのやねやね」）〉など、怖さとは無縁の秀句も数多くあります。また、子を亡くしたときの慟哭《どうこく》の句、〈棺のもう釘を打つ幼い顔であつた〉なども胸に迫ります。

さらなる活躍が期待されていた緑石ですが、水泳訓練中、溺れた同僚を助けたあと帰らぬ人となってしまいました。水泳は記録を持つほどの腕前でしたが、句集をまとめるために徹夜続きで体調がすぐれなかったのが不幸につながってしまいました。未来予知などという言葉は軽々しく使いたくありませんが、その運命を知ったうえで表題句を見ると、思わずぞっとさせられます。

同窓の宮澤賢治の『銀河鉄道の夜』で、カンパネルラは溺れた者を助けて自らは没しますが、そのモデルは緑石だったとも言われています。自由律俳句は作者の境遇とセットのようにして読まれることが多いですが、その点でも申し分ありません。いま少し世に知られてもいい俳人ではないでしょうか。

捨てられた人形がみせたからくり

住宅《すみたく》顕信《けんしん》

自由律と川柳は戦後生まれまで含めます。読者を俳句の世界にいざなう「初めの一冊」になればとひそかに思いつつ本書を執筆しているのですが、筆者にとってのそれは小林恭二『実用青春俳句講座』でした。この句は同書でも採られていた「悽絶」な一句です。見えているのは廃棄された人形です。壊れてしまった人形は、もう動かないからくりを覗かせています。そこに二重映しになってくるのは人体です。満身創痍《まんしんそうい》で倒れ、はらわたまで裂かれて虚ろな目を開いている人体。無情に捨てられた人形に、作者は遠からぬ日にそうなってしまうわが身を映します。

波乱の人生を送り、わずか二十五歳で逝った異能の自由律俳人はもはや伝説の存在となり、さまざまな著作が刊行されています。〈月が冷たい音落とした〉〈夜が淋しくて誰かが笑いはじめた〉〈鬼とは私のことか豆がまかれる〉。捨てられたかに見えた人形のからくりは、なおも夜、静かな音を立てながら動いているようです。

首をもちあげると生きていた女

時実新子《ときざねしんこ》

　ここからは現代川柳です。こちらも時代で区切らず、現在までたどります。

川柳と俳句は同じ五七五の形式ですが、連句の発句が独立した俳句と、前句付けの付句が独立した川柳とは歴史的な発生過程が違います。構成要素に着目すれば、川柳には俳句のような「切れ」と季語がありません。川柳というとサラリーマン川柳のようなものを思い浮かべがちですが、先鋭的な現代川柳は短詩型文学の一翼を担っています。

　時実新子の句集はベストセラーになり、川柳の魅力を一般に知らしめました。この人の影響によって川柳を始めたという人も少なくありません。

　三角関係なのかどうか、憎い女を殺したと思いきや、首をもちあげると死んだと思った女がやにわに目を開いた――そんな恐ろしい光景がたちどころに浮かびます。ほかにも〈一人殺せと神の許しがあれば君〉〈首つりのまねして死んだいい子だよ〉など、人の心の怖さを描いた、いかにも時実新子らしい川柳があります。

ただ、それだけではありません。俳句で言えば「人事」を離れた句にも、怖い句が意外に含まれています。

ザリガニがひとつ這い出す死後の景

死後の景を詠んだ句はいろいろありますが、この「這い出すザリガニ」の手触りも印象深いものがあります。

灯を二つまた灯を二つ死の祭

二つの高張提灯に面妖な神の名を記した祭の情景でしょうか。あるいは、やがてどこかで事故を起こす、行き交う車のライトでしょうか。

いつも半開きのおそろしいドアだ

前述のハンマースホイの絵とも一脈通じる光景です。ドアの陰には何が潜んでいるのでしょう。

誰か見ています三角形の中

これは三角関係ではなく、字義どおりの図形の三角でしょう。〈直線がこわい別れてすぐの部屋〉などもそうですが、抽象化された図形に対するそこはかとない恐れが随所に見て取れます。それは言葉では掬《すく》い取れないものに対する根源的な恐怖かもしれません。

指で輪を作ると見える霊柩車

石部明《いしべあきら》

霊柩車といえば日常をさりげなく異化させる存在ですが、「指で輪を作って覗く」というありふれた動作がこの車を召喚してしまうのが恐ろしい。あえて辻褄《つじつま》を求めれば、指で輪を作って虚空を実体化させてしまうと、それが契機となって実体化された死とも言える霊柩車が招き寄せられてしまうのでしょう。

頭上には不吉な紙が揺れている

頭上で揺れているのが危うい鉄骨だったりすれば、わかりやすい怖さなので少なくとも紙の上では安心です。しかし、「不吉な紙」はいけない。宙吊りの不安を払拭することはできません。

どの紐を引いても死ぬるのはあなた

結婚式のブーケプルズのような心弾む光景が不気味に暗転します。「死ぬる」という文語調も効いています。

蛇口からしばらく誰も出てこない　　草地《くさち》豊子《とよこ》

前に出てきた人はいったい何者で、どこへ行ってしまったのでしょう。いずれにしても、怪しい世界への回路はありふれた日常のなかにさりげなく開いているものです。その回路に光を当てるのも川柳の言葉の力の一つでしょう。

　わたくしにふれた人から死ぬみたい

他人事《ひとごと》のようにそう言われても困ります。まったく自覚症状のない魔女というのはいちばんたちが悪いかもしれません。

　解体は終わり頭が売れ残る

どうしても人体を想像してしまいます。その解体されたものは〈今朝もそう　死の前日のゴミ袋〉とあっさり処分されます。いかなる死を迎えるにせよ、死の前日にはどこかにゴミ袋が置かれるのです。そして、〈たてよこがはっきりしない箱に蓋〉、死ねば棺桶に入れられます。その人生は、〈眠りましょうだんだん怖くなる童話〉のようです。

目と鼻をまだいただいておりません

広瀬《ひろせ》ちえみ

福笑いの途中のようなぶよぶよしたものが、そこだけは備わっている口を動かして語っています。まさに恐怖と笑いは紙一重のシュールな光景です。〈私事ですが指が六本あるのです〉などはブラックな笑いのほうが優っているでしょうか。

甘くなった首からもいでゆくんだよ

これも同じ趣向。柿などがたわわに実っている風景に接したとき、ふと思い出されてくる一句かもしれません。〈組み合わせ次第で殺し合うことに〉も緊張感のなさと脱力さ加減が心地いい句。

門ごとに刃物が立っておじぎせり

およそありえない不穏な光景ですが、門松の断面を刃物に見立て、門に立つ人がおじぎをしていると解釈すればだまし絵のように日常に戻ります。〈悪魔一家の洗濯物がひるがえる〉もナンセンスですが、洗濯物のどこかにＤＥＶＩＬと書いてあるのかもしれません。

三角形のどの角からも死が匂う　　樋口由紀子《ひぐちゆきこ》

これは気絶級の怖さです。三角形という形は見ているうちに引きこまれてしまいそうな不気味さと不安さがありますが、その本質的な理由を言い当てられたような気がします。そういった本質をぎゅっとつかんで読者の前にほうり出して見せるのも、「切れ」を欠く川柳の特徴の一つです。

むこうから白線引きがやって来る

実景にして悪夢のような光景です。やがて引かれる白線は、いったい何と何を隔てるものなのでしょうか。この顔が見えない白線引きも、世界の本質のチューブから絞り出されてきたかのようです。

たましいが這い出しそうで爪を切る

ありふれた日常の行為が、思念のスパイスを加えることによって変容する――そんな思考実験の器としても川柳は適しています。身体感覚には〈おそろしい約束がある左腕〉も。

処刑場みんなにこにこしているね

小《こ》池《いけ》正《まさ》博《ひろ》

処刑される者もする者も、あるいは見物する者も、みんなにこにこ笑っている。悪夢のような光景です。ただし、まったく現実離れしている句でもありません。いまは公開処刑は行われていませんが、似たようなものなら形を変えて続いているでしょう。それに接しているもう一人の自分は、あるいはにこにこ笑っているかもしれません。

鏡台の後ろあたりで増えている

増えているのは何でしょう。嫌な虫でしょうか。それとも、白くぶよぶよした原形質のようなものでしょうか。読者の不安も増殖させる句です。

現代川柳の論客としても知られる作者ですから、企みのある句も散見されます。〈変身して絵葉書を買いにゆく〉には変身＝返信という鍵が潜んでいます。〈唇を舐めてから言う「星の消滅」〉も意味ありげで不気味。〈手洗いを右に曲がって鬼伝説〉は素朴に怖い。

第八章 昭和生まれの俳人（戦前）

音消えし頭の中の大夕焼け　津《つ》沢《ざわ》マサ子《こ》

ここからは昭和生まれの俳人になります。細かいジャンル分けはせず、戦前戦後の二つに区分し、原則として生年順にたどってみます。

世界没落体験というものがあります。沈みゆく太陽を眺めているうち、世界から音が消え、ああこの世が終わってしまうと実感します。ひとたび味わうとトラウマにもなりかねないその世界没落体験を、この句は鮮やかに表現しています。

岩黒しわが名よばれて死ぬ日まで

夕焼けの赤の次は、岩肌の黒です。わずかに濡れて黒々と光っている岩に人生がしみじみと重ね合わされます。対になるのは、〈死後醒めて太く流れる夏の川〉でしょうか。

ひるがおの中の一つは悪夢なり

こう断定されると、見破られたひるがおが一つ、たちどころに萎《しぼ》んでいきそうです。〈中空にバケツを伏せて死ぬ四月〉の宙吊り感覚など、ほかにも多彩な句があります。

鈍い刃で骨斬るそれも死後の仕事

東川《ひがしがわ》紀志男《きしお》

俳人の風景を色で表すと、暖色と寒色におのずと分かれていきますが、東川紀志男のそれは明らかに寒色です。

死後の仕事を行う主体はだれでしょうか。骨を斬られるのは作者自身、仕事を行うのは顔も知らない他者、そう解釈すると、なんとも寒々とした光景が見えてきます。

鈍行で移動する集団鈍器の形

「鈍」つながりですが、これも色のない息が詰まるような光景です。〈濡れて急ぐ同じく黒き貨車ばかり〉〈狂院の電話鳴るだけ鳴って止む〉などもそうですが、すべて無季の句です。なんらかの色を有する季語は、重苦しいモノクロームの世界にはむしろなじまないものとして排除されています。

赤いポストに昨日の手がある

色があっても安心はできません。投函者の手がまだ残っている不気味な光景です。

学びたる呪術の初め野鵐の死

沼尻《ぬまじり》巳津子《みつこ》

颪に吹かれて荒野に立つ巫女の趣です。
作者名も作品のうちだと言われますが、「沼」と「巳」の字が入っているため、呪術にさらに迫力が増しています。この巫女が呪術を自在に操れるようになったら、世界はどのように変容してしまうのでしょう。

音もなく轢《ひ》かれつづける汝が影よ

これはまた別種の怖さです。男と思われる相手の影が車道に伸びています。当人は気がついていませんが、車がその影を次々に轢いていきます。そのさまを見ながら、女は笑顔で話をしている。そんな情景を思い浮かべると、背筋がちりちりとしてきます。

菜の花の囲める鬼の家孤《ひと》つ

この鬼は他者でしょうか。〈春やこの鬼の家こそ我が寄辺〉という句もあることを思えば作者自身と考えたほうがよさそうです。〈我ゆきてまた我ゆける末黒野《すぐろの》あり〉も玄妙。

戒名を思ひだしたる紫蘇畑　柿本《かきもと》多映《たえ》

「多く映す」というその名のとおり、美しくも怪しい光景を多く伝える女流俳人です。中村苑子などに比べると一般的な知名度にはいささか欠けるのですが、いま少し広く読まれるべき作者だと思います。

この戒名はだれのものなのでしょう。肉親や知人のものと解すれば日常の句ですが、思い出した主体のものだと考えればにわかに怖い俳句になります。紫蘇畑の紫の圧迫感は、自分が死んでいることを思い出す舞台にふさわしいでしょう。〈補陀落《ふだらく》や曲り角には唐辛子〉の密閉された唐辛子の赤も存在感があります。

百物語つきて鏡に顔あまた

部屋に灯りがともり、百物語に参加していた人たちのどこかほっとしたような顔が鏡に映ります。しかし、鏡に映っているあまたの顔は参加者のものではないと解釈することもできるでしょう。

春昼《しゅんちゅう》をひらりと巫女の曲りけり

春昼の道を曲がったあと、この巫女はいともたやすく消えてしまいそうな気がします。作者自身が神出鬼没の巫女のようで、ほかにも自在の境地に遊ぶ秀句が多々あります。〈抜け穴の中も抜け穴夏館〉〈荒縄を伝ひ歩けば祭かな〉〈春の昼かかる奈落もあるとおもふ〉、まったくどんな妖しい場所へ連れていかれるかわかりません。館の抜け穴の先にあるのは奈落でしょうか。

〈桃山を歩きつくせし狂気かな〉〈鏡から鏡の消えて桃の夜〉〈昼の桃指一本で腐爛せり〉、この桃は世界の総体に限りなく近づいていきますが、巫女が指させばたちどころに腐ってしまいます。

〈蟻の死を蟻が喜びゐる真昼〉〈夏真昼死者も縁者も化粧して〉、光と色彩、そしてそれを貫く死が鮮烈なイメージを残します。

わたくしのうしろを殺す氷柱《つらら》かな

うしろには根源的な恐怖が潜んでいます。いくら振り向いてもうしろは身体のうしろへと無限に遠ざかっていくのですから。その「うしろを殺す」透明な氷柱とは、あるいは死の象徴なのかもしれません。

ローソクもってみんなはなれてゆきむほん

阿部《あべ》完市《かんいち》

平仮名表記に特徴のある、ひと目見ればわかる独創的な文体を作りあげた俳人の代表句の一つです。

この不穏な世界をどう解釈するか、諸説はさまざまにありますが、「政治の季節」との関わりで読み解くのは個人的にはあまり好みではありません。

「はなれてゆくみんな」は本当に他者でしょうか。作者は精神科医で、LSDを服用して句作するという試みまで行った人です。これは内宇宙の光景だと考えることはできないでしょうか。

「ローソクもってはなれてゆくみんな」は内なる「私たち」であり、その「むほん」の結果、このうえなく空虚な「私」の形骸が残る。そう解釈すると、こんなに恐ろしい句もありません。〈すきとおるそこは太鼓をたたいてとおる〉は崩壊の前兆でしょうか。太鼓をたたかなければならないところで、すでに狂気が兆しているような気もします。

しぐれ夜の箪笥《たんす》あければ墓地の角

志摩《しま》聰《そう》

二行書き、三行書き、カタカナ、ルビなど、前衛俳句のさまざまな技法をしゃぶりつくした観のある俳人です。その句集はおおむね小部数で、全句集も百部に満たない寥々たる数でした。

あるときは高柳重信、またあるときは加藤郁乎《かとういくや》。影響を受けた俳人が如実にわかる、あるいは意図的に制作されたパロディである前衛系の難解な作品の陰に隠れてあまり目立ちませんが、怖い俳句は定型句のほうに見えます。

異界への通路は、しぐれ夜の箪笥の中にさりげなく潜んでいます。少し湿った暗い引き出しの角は、なるほど墓地の角に通じていそうです。

〈白椿ふらりと鳥居とほくなる〉〈来し方は蛇一筋や夜の川〉〈死にきって死後の野にふと雪一片〉、いずれもこの俳人にしては地味な書きぶりですが、ほの暗い美しさと諦念に満ちた世界です。

おそろしき言葉きて去る真昼の木

福田《ふくだ》葉子《ようこ》

怪しい鳥のように「おそろしき言葉」が飛び来たり、真昼の木でしばし休らってから、いずこかへ飛び去っていきます。言葉の内容がどうだったかは、真昼の光とともに永遠に消失してしまいます。

前衛系の長いキャリアを持つこの俳人には、ほかにも言葉へのこだわりをうかがわせる怖い句があります。〈平仮名が無限に湧いてくる悪夢〉に接したあとは、見慣れた平仮名のたたずまいや曲がり具合が違って見えるかもしれません。〈どの頁にも死顔棲みて不思議な書〉も悪夢の手ざわりがあります。〈追伸に書き落したる我が死かな〉は意表をつく落とし方で、ひと呼吸遅れて怖さが伝わってきます。

と　あの死面に逢ふ美術館

大胆な省略が効果を上げています。一字空きの部分が、飾られている虚ろな死面の眼の部分のようです。〈わが死後や両眼を木の頂に〉と眼から木に戻って本項を終わります。

13階の死美人から排卵がとどいてゐる　加《か》藤《とう》郁《いく》乎《や》

怖い俳句がありそうでなかなか見つからない俳人がいますが、この人などはその最たる存在でしょう。秀句なら第一句集『球体感覚』だけでも目白押しですが、怖い俳句という目で探しても言葉が次々に逃げていってしまいます。

〈枯木見ゆすべて不在として見ゆる〉は怖いでしょうか。枯木の葉の不在に、やがて消え去る枯木それ自体の不在が重なり、目に映るすべての光景が不在として見える。そのだまし絵的な世界の把握はやはり前向きすぎて、怪異が入りこめそうで入れません。

〈冬の波冬の波止場に来て返す〉は怖いでしょうか。寒々とした無の世界が現出している点に着目すれば怖くなってもおかしくないのですが、言語世界を構築しようとする作者の意志が強すぎて、どうも怖さをせき止めてしまいます。

そこで、思い余ってまったく言及されることのない表題句を採りました。往時のエログロナンセンスとも一脈通じる怪奇趣味の句ですが、これもあまり怖くはありません。

うすびかる沼地へ　垂れて　ゆれる縄

野《の》田《だ》誠《まこと》

表題句は分かち書きですが、さまざまな技法を試み、後年は「七五七」の定型に挑んだ異色の俳人です。

モノクロームの無声映画のような光景です。沼地へ垂らされ、ゆっくりと虚空でゆれる縄は何のメタファーでしょうか。たとえそれが神意であっても、人気のない沼地から縄へと手が伸ばされることはありません。〈月よ　渚の　白き貝類　死へ育つ〉も印象深い映像詩です。

　おどろ髪して月に舞ふ梅見の鬼は

七五七からはこの句を選びました。破調ならではの迫力で、「おどろ髪梅見の鬼は月に舞ふ」の五七五では鬼の髪がまったく風になびきません。〈ああ蛇祭蛇祭白き花は咲く〉はいったいどんな祭なのでしょう。定型句にも〈蛇の子が蛇となる夜のめまいかな〉〈風花やふとおそろしきこと想ふ〉などがあります。

皆さんの青い地球に核兵器《おとしだま》

高橋龍《たかはしりゅう》

「俳」すなわち俳諧精神とは何か、という問いにはさまざまな答えがあるでしょうが、諧謔と笑いと悪意が渾然一体となった世界は疑いなく「俳」の精神から導き出されてきたものでしょう。

長いキャリアを誇るこの作者には、その傾向の句が多くありますが、これは究極の一句かもしれません。対になる句〈もう一度核爆発《ハトがでますよ》の尖光ハイ、チーズ〉も批評精神に裏打ちされた悪意が炸裂しています。

月光にピアノ弾く指十二本

これも怖いというより思わず笑ってしまう句。「月光にピアノ弾く指」までの耽美な光景が「十二本」で見事に落ちています。〈死水のあまりの水に水中花〉〈蝶よ花よと柩《ひつぎ》の中で育てられ〉〈蟲鳴くや手動で開ける死の扉〉〈十字架に上れば見える朝の海〉〈死んでゆく耳のはばたく春の山〉など、異彩を放つ句はほかにも多数。

秋の暮摑めば紐の喚《おら》ぶかな

河原枇杷男《かわはらびわお》

無機物であるはずの紐をつかんだ瞬間、やにわに悲鳴をあげられたら、気絶するほど恐ろしいに違いありません。この紐には世界もしくは人間という有限の存在が投影されています。始点と終点、そして厳然たる長さがある紐は、その限られた存在の痛みを感じて喚ぶのです。

〈春深し夢みる紐の両端よ〉、秋の暮には喚んだ紐も、晩春には未生と死後の世界を思ってまどろみます。ただし、〈紐つひにおのれに絡む月夜かな〉、その途中の道程も決して平坦ではありません。

身の中のまつ暗がりの螢狩り

暗黒観念俳人としての代表作の一つです。孤独な夜、ひたすら内面を探る螢狩りで見つかった、あえかな光を発する螢は言葉でしょうか。〈萍《うきくさ》の一つは頭蓋のなかに浮く〉も印象深い内的光景です。

或る闇は蟲の形をして哭《な》けり

これは外部の光景でしょうか。「虫が鳴いて」いるのであればそうかもしれませんが、「蟲の形をして哭く」闇は、やはり暗い内面と通底しています。表記の「或る」も「形」も漢字で動かないところでしょう。

野菊まで行くに四五人斃《たお》れけり

〈冬菊のまとふはおのがひかりのみ〉と水原秋櫻子は詠みました。その「ひかり」をまとう美の象徴としての野菊に達するまでに、求道者は次々に斃れていきます。「斃」の文字にはそこはかとない神々しさまで宿っています。

枯野くるひとりは嗄《か》れし死者の声

次は向こうからやってくる者です。蟲の形をした闇の哭き声もそうですが、存在の芯に響くハスキーボイスです。生者に交じっている、あるいは憑依している死者は、低い声でいったい何とささやいているのでしょう。

昼顔や死は目をあける風の中

恐ろしくも美しい光景です。朝顔でも夕顔でもなく、人生の途中である昼顔だからこそ、無情の風と花の色がしみじみと伝わってきます。

釣瓶《つるべ》落《おと》しの日が首つりの縄の中

有馬《ありま》朗人《あきと》

赫々《かくかく》たる句歴を誇る伝統俳人ですが、ときおりこのような鮮烈な句を詠んでいます。首つりを行った者はもうここにはいません。残されているのは首つりの縄だけです。その中に、一瞬だけ釣瓶落しの日が宿ります。その瞬間のみ、死者は恩寵のごとくに甦るのです。〈死後もまたあかあかと火を雪の上〉にも恩寵の赤は宿っています。

朱欒《ざぼん》割りサド侯爵の忌を修す

割られるのはどうあっても朱欒でなければなりません。林檎や蜜柑では、「朱」い人体が痙「攣」しながら責められているかのごとき妖しい光景は浮かびません。

胴塚は首塚を恋ひ日短か

日が沈んだあとはどうなるのでしょう。この恋が成就したら恐ろしい事態になってしまうかもしれません。〈大甕は家霊の如し春の闇〉〈水中花誰か死ぬかもしれぬ夜も〉〈雪女来る頃ぎしと鳴る箪笥〉など、ほかにも自在の怖い句があります。

あじさゐに死顔ひとつまぎれをり

酒井《さかい》破天《はてん》

死顔がまぎれこむのにふさわしい花は、なるほどあじさいかもしれません。ひまわりなどのくっきりとした花の群れにまぎれれば、すぐ見破られてしまいます。桜などは小さすぎて気づかれないかもしれません。

その点、あじさいの地味めな色調と形状はうってつけです。この句に接してからは、あじさいを見る目がすっかり変わってしまいました。

明くる日は狂ひて砂丘に砂こぼす

美しいあじさいに死者の顔を発見するのは、作者の心になにがしかの屈託があるせいでしょう。その屈託が高じれば、ときには狂気になります。しかし、このこぼれ落ちる砂の光はどこか美しく感じられます。

〈おそれおそれて枯葦をかぞへにゆく〉は哀しい強迫観念。〈海まで良夜死装束を買ひに出て〉は月あかりに冴える白が印象的です。

藪椿溺死つづける仮面少女

中北《なかきた》綾子《あやこ》

耽美系の前衛映画の一シーンにありそうな句です。

溺死している仮面の少女は、水の中であお向けに倒れていきます。その水面に、一つ、二つと藪椿の花が落ちていきます。仮面に幽かな笑いが浮かんでいたりすれば、気絶するほど怖いことでしょう。

触角でもがく凍港《とうこう》皿積む夜

触角はクレーンの見立てでしょうか。こちらは冷えびえとした寒色の世界です。「血」と形が似ている「皿」へのこだわりは、〈喪の山へ行くだけの皿揃え持ち〉〈皿積めば悪霊八月の板鳴らし〉とほかの句にも見られます。〈固くしぼる雑巾死神のように薄暮〉〈焼死記事遠景に鴉飼っている〉も寒色の幸薄き世界。アンソロジーなどでは見かけない俳人ですが、〈象の鼻地霊のごとし晩夏なり〉〈芽吹く森地の断層に悪ぬすみ〉などの意表をつく発想の句もあります。

夕焼けや
みな殺されて
歩きだす

岩片《いわかた》仁次《じんじ》

『高柳重信散文集成』などの労作を持つ俳人の多行俳句です。

夕焼けに大量殺戮の光景を幻視することまではたやすいかもしれませんが、一行の空白の重みはどうでしょう。殺された死人たちは暗澹たる絶望の夜を歩くのか、それとも時がもっと経過して悦ばしい夜明けの光とともにまた歩きだすのか、読み手が空白に描き出す絵は人によって異なるはずです。

　みな／耳を持つ／闇林／耳に闇なし

　これも危機的な光景です。にもかかわらず、鮮明に光景を思い浮かべようとしても、必ずどこかが歪んでしまう。不気味な光景です。

深秋やすぐ裏返る魔除札

小泉八重子《こいずみやえこ》

実景でも不思議はありませんが、なんらかの意志が介在しているとすればたちまち妖景に変じます。作者には〈銅鏡を抜けきし一人をみなへし〉〈死神の素通りしたり韮《にら》雑炊〉といった句もありますから、やはりこれは本格的な冬の到来を待っている魔のしわざだと解釈すべきでしょう。

死をひとつ映し終へたる大鏡

死を映すことによって、鏡はひそかに養分を得ているかのようです。〈猟銃音いつしか鬼を養ひぬ〉は「猟銃音」で切れていて、鬼とは身の中の鬼を指すのでしょうが、音が鬼を養うというやや強引な読みも成立するでしょう。

戯れの遺書は螢のことばかり

遺書といえば林田紀音夫《はやしだきねお》の〈鉛筆の遺書ならば忘れ易からむ〉がすぐ想起されますが、同じ前衛系の赤尾兜子《あかおとうし》と高柳重信の影響を受けた作者の遺書の句も記憶に残ります。

見えねども風の砂丘を柩くる

小《こ》宮山《みやま》遠《とおし》

ゆっくりと近づいてくるのは作者自身の柩でしょう。かついでいるのは黒一色の衣装をまとった者たちです。その顔も柩も、砂まじりの風に隠れてまだ見ることができません。

この句のみならず、詩情に彩られた実存的な怖さを伝える秀句を多く作った俳人です。結社から早く離れたためか、その存在が忘却されているのはいぶかしいことです。〈園は黄に枯るる「このとき目覚めねば」〉〈海へドア開かれる青年の死のように〉〈鳥の目光る山頂めざしわが柩〉〈鳥も人も剝製となる昼白し〉〈赤光の晩夏の辻の人攫《ひとさら》い〉など、透明感のある色と詩が見事に響き合っています。

〈氷る夜の吊るされてあるわが肝よ〉〈幽界に近し深更に釘打つは〉〈あけがたの桃の悲鳴を思うなり〉の絶望の深さにも特筆すべきものがあります。多行俳句の試みもあり、〈密告の／影／うつくしき／冬至かな〉などの秀作に結実しています。再評価が最も待たれる俳人の一人です。

くわらくわらと　藁人形《わらにんぎよう》は　煮られけり

寺田《てらだ》澄史《きよし》

高柳重信の人脈で、「俳句評論」の同人だったカルト俳人です。図書館でも句集を参照することができず、やむなくウェブ資料から採集しました。

藁人形を煮るという行為は、むろん日常のものではありません。なんらかの呪いのために煮ているのでしょうが、だれがだれを何のために呪っているのか、すべてはのっぺらぼうのままです。

一字あいた空白に、読者は煮られて動く藁人形の姿を見ます。そのさまは、ほどなく生きたまま煮られて苦悶する人間の姿に変容するかもしれません。「くわらくわら」という異様なオノマトペも最大限の効果を上げています。

暗呪《あんじゆ》。　沖から手が出て　夜を漕ぐ

これも呪いの句。沖から突き出された手が漕ぐのは船ではありません。海を暗黒に染める夜、ひいては世界それ自体なのです。

死と書きて消す露濡れの秋茄子

平井照敏《ひらいしょうびん》

死の句はたくさん詠まれていますが、一、二を争う怖い句です。内側を透視できない、圧迫感のある鈍い紺色の茄子は世界の総体です。その内部には、不可知の死後の世界も含まれています。

世界の表層は、生の証しの露に濡れています。しかし、その部分に「死」という字を書いた瞬間、不可視の内部でただならぬ変化が起きてしまいそうです。その兆しを察知したのかどうか、俳句の主体はあわてて文字を消します。世界の総体と化していたものは、ただの秋茄子に戻ります。平凡な日常のなかで蠢動した一瞬の神秘です。

詩人・フランス文学者でもあるこの俳人には、ほかにも死と他界の消息を伝える句があります。〈夏霧の何も見えねば死のごとし〉〈きさらぎは他界より見てゐるごとし〉〈鶏の首ころがり秋の薄目なり〉〈病むものにのりうつりくる牡丹の火〉などがありますが、怖い句ならやはり表題句にとどめを刺すでしょう。

娼婦の日傘黒死病《ペスト》の町の千年後

馬場駿吉《ばばしゅんきち》

疫病というものは、こんな日常の風景から始まるのかもしれません。黒死病の大流行から千年経った静かな町を、一人の娼婦が日傘をくるくると回しながら歩いていきます。この女から、また新たな疫病が始まる――そんな予兆を孕む光景です。娼婦の顔が日傘に隠され、最後まで見えないところが不気味さを醸し出しています。

受苦節の肉屋鉤より肉の瀧

子供のころは、肉屋の前を通るのが恐ろしく感じられたものでした。奥に吊るされているものがひどく忌まわしく見えたからです。この句では、その鉤に吊るされて静まっていたはずのものが瀧のように動きだします。さらに、上五に受苦節が冠せられていることにより、肉はおぞましくも人体に変容していくのです。

美術評論家で美術館長でもある作者らしく、〈憂愁の夜が来る薔薇と銅版画〉〈薔薇を剪《き》る夢にて人を殺めし手〉など、ほかにも独特の審美的な秀句があります。

夏館甲冑《かっちゅう》は人肉を欲《ほ》り

乾燕子《いぬいえんし》

中にだれも入っていないはずの甲冑が動いたりするのは、ゴシック・ロマンスではおなじみの古臭い怪奇シーンですが、こうして俳句に詠まれてみると妙に新鮮に感じられます。もっとも、この甲冑は深夜に動き回ったりはしません。人肉を欲りつつ、ただじっとしているだけです。人気のない夏館が舞台にぴったりの怖い句です。

句集が一冊しかないほとんど無名の俳人ですが、ほかにも狷介な詠みぶりの秀句があります。〈魔が淵の岩に男が掛けて冬〉は自画像でもあるでしょう。〈春彼岸墓呻吟の声もなし〉は否定することによって死者の声を伝える技法。〈人骨を覆ふ金襴寒の入〉〈正気より狂気の闇に春の雷〉、いずれも季語が揺るぎなく定まっています。

憑くといふことのありし世花曇

他人事のような乾いた詠みぶりですが、魔としての俳句に憑かれたのは、ほかならぬ作者なのではないでしょうか。

春泥の道を悪夢のつづきかと

上田五千石《うえだごせんごく》

この作者には強力な代表句〈萬緑や死は一弾を以て足る〉があります。緑と赤の鮮やかなコントラスト、「死は一弾を以て足る」というまさに弾丸のごとき認識のショック。名句にふさわしい切れ味ですが、戦慄と恐怖は微妙に違う部分もあります。有名な句でもありますし、ここでは採らず、表題句には地味な句を選びました。

歩きにくいぬかるみの道を進んでいるとき、ふとこれはまだ悪夢の中ではないか、夢はまだ終わっていないのではないかと思う。ただそれだけの内容ですが、妙なリアリティが感じられます。悪夢のつづき(と思われるもの)がだしぬけに始まる場所として、人生がそこはかとなく重ね合わされる「春泥の道」は恰好の舞台でしょう。

たまねぎのたましひいろにむかれけり

怖くはありませんが、なるほどたましいの色はこうかもしれないと思わせるものがあります。〈太郎に見えて次郎に見えぬ狐火や〉とともに愛惜すべき色合いです。

薬屋の地下の怪談かきつばた

桑原三郎《くわばらさぶろう》

怪談の舞台はさまざまにあるでしょうが、薬品の臭いが漂う薬屋の地下は妙にリアルです。かきつばたが咲く表からは、そのほの暗い入口だけが見えています。怪談がどういうものであるのか、例によって俳句は何も語りません。〈春の夜の面がとれなくなる話〉もなかなかに怖そうです。

人通り多き露地にて黄泉なりき

露地もまた、異界への入口がさりげなく開いている場所です。人通りが多くても侮ってはいけません。いつのまにか黄泉に足を踏み入れているかもしれないのですから。〈公園を出てゆくは死者の車ばかり〉となると、侵食ぶりはもうただごとではありません。

ひとり殺し終ればわれも冬の海

ただごとでないと言えば、この句。どういう物語を対峙させても、冬の海の怒濤に溶けてしまいそうです。

落日の商館海辺を埋める異形の卵

大橋嶺夫《おおはしみねお》

異形の卵からはいったい何が生まれるのでしょう。昔日の面影のない商館ですが、それでもまだ人の気配がします。ひそかに取引がなされているのは、夜になると異形の卵から生まれるものなのかもしれません。あるいは、もう廃館になってしまっていると考えれば、この異形の卵はありえたかもしれない夢の象徴のようにも思われてきます。

死馬の喉ながながとあり山の祭

祭に駿馬はつきものですが、この句に登場するのは死んだ馬です。もういなくことのないその喉が大写しになり、バックで緩慢な笛太鼓の音が響きます。

こういったそのまま前衛短篇映画になるような句を多く作った俳人です。

理髪店に記憶消される壁砂の魚

この句はどうでしょう。まず理髪師の鋏から始まり、白い壁が人写しになって、最後は砂の魚が崩れていく。ひんやりとした感触の怖い映画になりそうです。

杉林あるきはじめた杉から死ぬ

折笠美秋《おりかさびしゅう》

全身不随の難病に罹ってもなお句作を続けた俳人の代表句です。この句に関してはさまざまな解釈がありますが、初めは静かな杉林だったと考えたいと思います。その杉林の一本が、杉という存在の矩《のり》を超え、歩こうと思い立ちます。しかし、杉は杉であり、杉でしかありません。歩きはじめた杉から、あっけなく死んでしまいます。あらゆる存在にはそういった厳然たる枷《かせ》がある――その真実を恫喝的に突きつけられるがゆえに、この句に接して慄然とするのではないでしょうか。

〈耳おそろし眠りのそとで立っている〉は孤独な夜の耳の発見が鮮やかな句。〈俳句おもう以外は死者か　われすでに〉は作者の境遇を思うと、一字空きがことに痛ましく感じられてきます。〈上流は霧の異域か鬼くさき〉〈霧は魔性と人呼ぶここが戻り橋〉の妖しい霧、〈もう一度死後を思えと初時雨〉〈まだ誰も知らない死後へ野菊道〉のほの暗い死後も長く印象に残ります。

日盛りを長方形の箱がくる

宇多喜代子《うだきよこ》

これは棺でしょうが、「長方形の箱」と抽象的な表現にすることによって最大限の効果を上げています。

長方形の「棺」なら担ぎ手は人間の顔をしていますが、長方形の「箱」の担ぎ手は顔を消されています。日盛りの長方形の箱を担いでいるのは、死そのものなのかもしれません。

そういえば、〈麦よ死は黄一色と思いこむ〉という鮮烈な句もありました。

湯にうごく異形のものも朧かな

現代俳句協会の会長もつとめた高名な女流俳人の作品には、彼方へのまなざしが折にふれて表れています。肌に触れる身近な湯にも、〈海神の没後高鳴る祭笛〉の祝祭の海にも、常ならぬものがふと姿を垣間見せます。〈梟を見にゆき一人帰り来ず〉〈蚍の目は野の全景をおさめたり〉〈他界とは桜に透ける向う側〉〈粽《ちまき》結う死後の長さを思いつつ〉など、彼方との遠近法は作者の視点によって自在に変わっていきます。

汽車が過ぎ秋の魔が過ぐ空家かな

寺山修司《てらやましゅうじ》

多方面にわたる瞠目すべき活動を俳句から始めた作者の句です。

この句に接するたびに浮かぶのはキリコの絵です。後景を汽車は静かに走っていきます。人気の途絶えた世界には、空き家が一つぽつんと残されています。

まず汽車が過ぎ、秋の魔も通り過ぎてしまいました。次に訪れるものを待ちながら、がらんとした家が世界の総体としてそこにたたずんでいます。

寺山修司の怖い俳句には、他ジャンルの作品とクロスオーバーする〈枯野ゆく棺のわれふと目覚めずや〉〈眼帯に死蝶かくして山河越ゆ〉などがありますが、本項では静謐な怖さが心地いいこの句を選びました。

秋風やひとさし指は誰の墓

もう一つ秋の句を。「うかつに墓を、それも無縁仏を指さしてはいけない。ついてきてしまうから」という言い伝えを聞いたことがあります。

幽霊が写って通るステンレス

池田《いけだ》澄子《すみこ》

独特の口語表現を採り入れた句が有名で、「元気が出る俳句」というテーマのほうがふさわしそうな俳人ですが、実は冷やりとした感触の句もあります。幽霊を扱った句は意外に怖くなかったりしますが、これは背筋にちりっとした感じが走ります。

死後の如しあぁ涼しいと呟くは

これも異色の「死後」の句。口語表現がよく効いています。「あぁ涼しい」と喜んだのは一瞬で、次の瞬間に本当の事態に気づいてしまう。死後にはそんなことが起こりうるのかもしれません。

雪黒しここは亡父の家路であった

積もっている雪が闇で黒く見えるのでしょうが、降る雪がふっし黒くなるのだとしたら、それは死者の影が出現する前ぶれかもしれません。夜の情景では〈怖い夜や見えなくならぬ彼岸花〉も不気味な句。

稲妻や死ぬ人を待つ白位牌

石川雷児《いしかわらいじ》

遺句集が一冊だけの早逝した俳人ですが、いくつかの忘れがたい句を残してくれました。稲妻が照らすのは、いまだ文字が浮かんでいない白位牌です。その光る白は、世界の総体の背後にあまねく塗られ、形象を浮かびあがらせている根源的な色のようです。

炎昼を坑夫踊めば墓に似し

作者は鉱山に勤務した人につき写生句なのですが、はっとさせられる句です。危険と隣り合わせの職場だからこそ、そのような不吉なイメージが浮かぶのかもしれません。〈春暁やどれも墓石の目鼻だち〉〈霧のなか鉱山ははらわたまで蒼し〉などもあります。〈寒鴉遺影くわえて翔ぶごとし〉も不吉な映像が鮮やかに浮かびます。〈薄氷に全き蝶の屍かな〉の蝶の死骸は痛々しくも美しい。怖い句ではありませんが、ほかにも〈冬の馬美貌くまなく睡りおり〉〈渺々《びょうびょう》と繭に風吹く秋光裡《しゅうこうり》〉などの秀句があります。夭折が惜しまれる俳人です。

死鼠へいきなりかぶさる浄瑠璃よ

安井浩司《やすいこうじ》

このたぐいまれな観念俳人には〈御燈明ここに小川の始まれり〉という傑作があります。小川、ひいては世界が始まる地点に立っている御燈明の根源の灯りは、いつまでも消えることがありません。

では、終わりはどうでしょう。〈椿の花いきなり数を廃棄せり〉は認識のショックが鮮烈な句です。椿の木に咲き、花の数の一つを構成していたものが、落ちることによって数から逸脱して個に戻ってしまう。その一瞬が「いきなり数を廃棄せり」と非情なまでに見事に表現されています。

表題句も終わりの句です。〈死鼠を常《とこ》のまひるへ抛《ほう》りけり〉という句もあるほどで、これはただ一個の死んだ鼠ではなく、世界の総体が投影されています。一方、その死鼠へいきなりかぶさる浄瑠璃は、死の世界を全的に投影したものでしょう。喉の奥から絞り出されてくる浄瑠璃、何を言っているのか聞き取ることができない声、その恐ろしさと気味悪さは筆舌に尽くしがたいものがあります。

れんこんを板にならべて死人《しびと》立つ

れんこんの穴は、見方によっては恐ろしいものです。それはくっきりと目に見える空虚なのですから。この句では、その空虚から死の世界が流入し、生の世界を侵犯します。死人の姿が見えたら、もういけません。

死人《しびと》いま竹の葉に文字現われる

もう一句、死人の句を。ただし、怪異として姿を現すのは人ではありません。だれかがたったいま死んだ証しとして、竹の葉に文字が現れます。ただし、どんな文字だったか、またしても説明はありません。言葉の不在と宙吊り感覚。俳句ならではのマジックです。

鉢はうかがう人面時計の静かな家

作者としては異色の句かもしれません。たしかに「静かな家」の描写なのですが、無機物の鉢になぜか意志があるがゆえに、人面時計も字義どおりの人の肉面のように感じられてきます。静謐ながら不穏な世界です。

逆に、輝きながら動く場面もあります。〈月光や山蛭載せる鉈《なた》の上〉〈巫医《ふい》の手に少年の腸《わた》かがやけり〉などは妖しい映画の一シーンのようです。

山姥に
また水櫛の
刻《とき》きたる

大岡頌司《おおおかこうじ》

端渓社《たんけいしゃ》の社主として多くの美しい装幀の句集を世に送ってきた作者は、優れた俳人でもありました。

まずは高柳重信の影響を受けた多行俳句から。山姥が水櫛で髪を梳き終えたら、下流で何が起きるのでしょう。また一人、他界へ連れていかれるのかもしれません。ほかに忘れがたい多行作品として〈ちづをひらけば／せんとへれなは／ちいさなしま〉があります。

全身が尾の憑きものに昆布飾れ

単行作品からはこの異色句を。俳句に描かれた怪物や魑魅魍魎は数多くありますが、このたたずまいの異様さは出色です。昆布などを飾れば、より気味が悪くなってしまいそうです。ほかに〈死も死んで燿くものに笊《ざる》の水〉〈春日野の下の地獄やあしび咲く〉など。

「かあ」とそれきり千年声を喪う鷹

豊口陽子《とよぐちようこ》

俳句の中で響くあまたの声のなかでも、最も印象深いひと声です。超越的な高貴な存在である鷹が声を喪失した千年のあいだは、この世界に本質的な救いは訪れないのかもしれません。

耳すててゆく死者の書の傍らに

この世界の音や声を聞いていた耳を捨てることによって、異界への扉が開きます。それはもう死者の書に記されていた伝聞の世界ではありません。

遮断機の向う茜の仮面佇《た》つ

逆光の夕暮れには、さりげなく人に交じって怪しのものが遮断機の向こう側に立ちます。〈狂うかもしれぬひかりや雑木山〉という句もありますが、この茜の仮面の光もなかなかに強烈です。一方、さりげない光もあります。〈湧水のあたり一面妖のうすもの〉の光は静かにこの世界を侵犯しています。

大花野影殺めてもあやめても

秦夕美《はたゆみ》

大ざっぱな分類ですが、俳人には粗削りなフォームで打率は低いものの一発長打があるタイプと、常にフォームが崩れず高打率をマークするタイプがあります。この俳人は明らかに後者で、作者の美学のフィルターを通された言葉のみが安定したリズムに乗って生み出されてきます。

連作も多く、〈道草のこの道ゆかば胎児村〉で始まる「くれなゐ幻想」などは怪奇味も濃いのですが、表題句には単独句を採りました。

いちめんの花野には人の心を狂わせる魔力が潜んでいます。それに太刀打ちしようとしても、「殺める」が「あやめる」とひらがな表記に変わり、ついには言葉以前の世界へと消えていってしまいます。この効果は「殺めても殺めても」「あやめてもあやめても」では絶対に得られません。〈あかときの障子開けば前世あり〉の「あ」の頭韻など、音の力で異界へといざなう句もあります。

昏《くら》みゆく露といふ字の魔界かな

齋藤愼爾《さいとうしんじ》

深夜叢書《そうしょ》社の社主および俳句関連企画のエディターとして「文字」を常に扱ってきた作者らしい句です。ある種の漢字のたたずまいはそれだけで怖いものですが、この「昏みゆく露（路に雨が降っている）」もまさに魔界の恐ろしさです。

縄跳びの縄が幽明の明に見ゆ

では、「幽」はどこにあるのでしょう。縄跳びをしている者の顔はおぼろにかすんでいるばかりです。

指に似しかの枯枝が悪霊呼ぶ

枯枝の実像ばかりでなく、「指」と「枯」の視覚、「かの」と「枯枝」の聴覚もそこはかとなく悪霊を呼んでいます。ほかに〈死後の景すこし見えくる柱かな〉〈死者たちの夢のあつまる椿山〉〈山姥の笑ひを絶てば白芒〉〈鬼女二人三人死人紅葉山〉〈雛壇のうしろで絶ゆる人の声〉などの秀句があります。

屠鶏の後《あと》運動会へゆく歓声

竹中宏《たけなかひろし》

一九四〇（昭和十五）年生まれ以降は、少しピッチを上げて紹介します。食用の鶏が命を奪われたあと、運動会へゆく家族の歓声が響きます。その弁当の中には鶏が入っているかもしれません。非情なコントラストです。〈鋸《のこぎり》に血を塗つておく半夏生〉はなにやら不穏な工作。〈鶏頭や鬼の母負ふ絵馬の武者〉でも鶏頭の赤が効いています。

越後いま鬼の跫《あ》音《おと》の榾《ほだ》明り

角川春樹《かどかわはるき》

実際に鬼の跫音が聞こえるかのような言語表現です。物の怪の消息を伝える句には、ほかにも〈地の底のものの怪覚ますはたた神〉〈夜桜や物の怪通るとき冷ゆる〉などがありますが、気味が悪いのは〈長持の牛首摑む雛の闇〉。この首はうっすらと濡れていそうです。

鬼に戻ると、〈邪鬼が踏む大和盆地の暑さかな〉はいかにも暑そうな迫力のある構図。

死後ならず遠く無数の日傘ゆく　徳弘純《とくひろじゅん》

遠くを歩く日傘の人々の顔は見えません。その風景はまぎれもない実景ですが、死後の世界へと続いているようにも見えます。〈人垣に亡者を交え梅雨に入る〉、暗い人垣にはさりげなく死者が交じっているかもしれません。〈向日葵の種ぎっしりと死は自由〉〈船霊が近くて桜散りやまず〉〈死はそこに未明のメリーゴーランド〉〈恐るべきわれと出会えり夜の霧〉など、印象深い構図の多い俳人です。

死後も桜が合わせ鏡の奥の奥　寺井谷子《てらいたにこ》

舞い踊る花景色のなかには、異界への入口が開いているかのようです。合わせ鏡の奥の奥へいざなわれるように、桜とともに消えていった死者もいるでしょう。

あの世への入口あたり風鈴吊る

こちらもさりげない入口。風鈴の音はあの世にも届いているでしょうか。〈夕顔やだんだん鬼になってゆく〉〈殺意あり春の焚火の透明に〉なども。

春の夜の死肉をつつく一家団欒

鳴戸《なると》奈菜《なな》

考えてみれば平凡な情景です。食卓に載る肉はことごとく「死肉」なのですから。しかし、言葉でこう表現されると、もっとおぞましい光景が想像されてしまいます。団欒の「欒」が痙攣の「攣」に似ているのも一因かもしれません。〈雪月花なかはどにある化物屋敷〉も構造は同じです。

柳散る他界にあふるる皿小鉢

何も盛られていない、白いだけの皿小鉢が闇なる他界にあふれていきます。そのイメージだけが提出されている句ですが、妙にリアルで、皿と小鉢が触れ合う乾いた音まで響いてきそうです。

青海波悪霊すでに目を覚まし

永田耕衣に師事した作者には、ときおりこのような句が現れます。ほかに〈千本桜鬼になるまでうずくまる〉〈緑陰に翼もつ子の死んでおり〉など。

口あけて死者来る朝の犬ふぐり　坪内稔典《つぼうちとしのり》

死者が口をあけて向こうからやってくるだけでも異様ですが、夜ではなく朝の光景です。しかも、バックは滑稽な名を持つ犬ふぐり。なぜ死者は口をあけてやってくるのでしょう。一読忘れがたいシュールな光景です。

〈眼球がころがる水くさい日向《ひなた》〉〈桜の上を屍《しかばね》運ぶちぎれ雲〉も不気味な風景。〈煮こぼれる死者の家でも隣りでも〉もどこか不穏です。

ひとだまに裏表あり脇腹も　志賀康《しがやすし》

「ひとだまに裏表あり」と断定した言葉の刃は、思いがけなく脇腹を襲います。一瞬、胃がふっと虚ろになるような句です。〈調律のほかにも秋の兇うごく〉〈げに恐や山に誓わぬ蝗ども〉〈日が落ちて蟬の毀れる蟬時間〉など、難解ながら迫力のある言葉の剣筋です。〈降る雪やのりしろ大き死面《デスマスク》〉〈追分は物の気のまま歩く猿〉の説明のない不気味さも特筆されます。

第九章

昭和生まれの俳人（戦後）

太古よりあゝ背後よりレエン・コオト

摂津《せっつ》幸彦《ゆきひこ》

「戦後前衛俳句のもっとも美しい成果」（小林恭二）と言われながらも四十九歳の若さで早逝した作者の俳句は、いまなおその多くが謎として存在しています。

往々にして過去に光源を持つ攝津俳句ですが、この句の「レエン・コオト」は太古からやってきます。背後よりそっとかけられるものはありきたりな「レインコート」ではありません。わずかに湿っている、間延びした発音の「レエン・コオト」。それを差し出す主体は悪魔でしょうか。それとも、死それ自体でしょうか。

階段を濡らして昼が来てゐたり

代表句の一つですが、読者の数だけ読みはあるでしょう。昼の光が差しこむことによって、階段は濡れているように光ります。階段（怪談）と昼（蛭）をそこはかとなく通底させたその光景の先には、さらに何か恐ろしいものが潜んでいそうです。〈羽根枕破れて低き讃美歌よ〉もそうですが、致命的な事態はもう終わっているのかもしれません。

血の如く醤油流ゝる春の家

直喩の魔術により、醤油が徐々に血へと変容していきます。そもそも、家の中で醤油が流れるのはただならぬ事態でしょう。〈ありもせぬ盲学校が燃えてゐる〉は「も」の頭韻によって存在しない盲学校を現出せしめるマジックです。

何かが終わってしまっている静かな世界を、攝津幸彦はシュルレアリスムの絵画のように提示します。〈霊前をきまりのやうに落下傘〉の落下傘は死者のたましいなのでしょうか。〈信長に信長触れぬ十六夜〉はいかなる事態なのでしょう。謎が解かれない水晶球のごときものとして、世界がぽんとそこに示されているばかりです。〈死火山のなほ制服のそよぐなり〉〈あをによし奈良市の棺に余る紐〉〈懐手犬と月とに触りけり〉〈悪霊の皮靴干され椿山〉等々、不可思議な構図は枚挙にいとまがありません。

生前の手を乾かしぬ春の暮

「レエン・コオト」を差し出す手と同じく、この手にも顔が欠落しています。ほの暗い死の闇の中にまぎれて、どうしても見ることができません。そして、ここでも世界の表層はうっすらと濡れています。このエロスと言っても過言ではない手ざわりは、哀しい生の象徴なのかもしれません。

祭あと毛がわあわあと山に

西川徹郎《にしかわてつろう》

厚塗りの前衛壁画のようなその連作や群作は、俳句史上でもひときわ異彩を放っています。足に絵の具を塗って描いた、宗教的世界とも響き合う白髪一雄《しらがかずお》の抽象画を彷彿させるその作品は、部分にすぎない一句ではなくもっと大きな平面として鑑賞されるべきでしょう。たとえば表題句を含む連作「暗い生誕」には、〈自転車に絡まる海藻暗い生誕〉〈浴室にて死児が青葉を掻き毟る〉〈揺れる芒はおびただしい死馬が山上〉〈ぎゃあぎゃあああれは屋根の上の眼球〉〈爪の生えた道が便所で止まっている〉などが含まれています。

代表句の一つ〈抽斗の中の月山山系へ行きて帰らず〉を含む連作では、〈わああわあと月山越える喉の肉〉〈野道で死んでいる月山を喉に入れ〉〈オルガンを月山へ当て打ち壊す〉〈蓮の葉より月山山系へ足懸ける〉など。初期作品では〈発狂後ひそかに無灯航海したり〉〈墓標に耳を当てると産声が聞こえてくる〉〈沼の恐怖はひそかにすべてが枯れてから〉など。暗色山系とも称すべき偉容は、まさに孤絶の世界と言えるでしょう。

青大将に生れ即刻殺《う》たれたし

宮入聖《みやいりひじり》

屈折した自己処罰願望が戦慄を呼ぶ一句です。ただし、〈青大将この恩讐の郷国《くに》を巻け〉〈青大将致死量を超え水に消ゆ〉という句もあるように、この蛇はほんの束の間ながら世界を支配し、永遠を垣間見ます。

秋のくれ眼を抜かれたる霊二つ

存在の哀しさが伝わってくる霊のたたずまいです。〈死後は茫に憑くとおもへば安からむ〉も、穂を揺らす風の物悲しい音が聞こえてきます。

月光の冬のキャベツの狂気かな

葉を巻いている畑のキャベツは、なるほど脳があらわになっているようにも見えます。そこに狂気を発見してしまうのは、月光派の作者の幸薄さでしょうか。〈鍵盤のごとき月明　死後の肢〉〈柩野を千人針の月夜かな〉も印象深い月明かり。〈白鳥は耳を殺《そ》がれし白さかな〉の白も胸にしみます。

いっせいに死者が見ている大花火

山崎十生《やまざきじゅっせい》

かつては「十死生」と名乗っていた作者による異形の構図です。夜空に絢爛たる花火が開いても、それを見ている眼はすべて虚ろなのです。〈死人の眼あつめてくにをつくらむか〉という奇想もあります。

終末の風景なら〈もう誰もいない地球に望の月〉。人が死に絶えてしまった地球を満月がしみじみと照らしている、どこかすがすがしさすら感じさせる光景です。

二十歳にて鬼見る病果てもなし

大井恒行《おおいつねゆき》

伝説の雑誌「俳句空間」の編集長をつとめた俳人です。鬼才と謳われた李賀《りが》は「二十にして心朽ちたり」と詞《うた》いましたが、二十歳でなお果てなく鬼を見てしまう人生もなかなかにつらそうです。〈昏々とむかしの鳩を　鳩を撃てり〉は一字空きに時間と思いがこめられています。〈死後比類なきひずみなきわが落下傘〉はなるほど死後も落下を続けそうな破調が秀逸。

首吊りの木に子がのぼる子がのぼる　高岡修《たかおかおさむ》

首吊りの木と知らずに、あるいはまだ屍体がそのままになっているのに、子供たちが笑顔でその木に登っていく。詩人でもある作者の醒めたまなざしが光る句です。〈眼というは切り裂かれたるものをいう〉は意外な真実を告げる句。日の移ろいに従って紹介すると、ほかに〈かおよりもおそろしいものひるのつき〉〈月光の　血にあらざれば叫びだす〉〈こうこうと死後の長さを照らす紐〉〈わが顔のひとつを浮かべ天の沼〉など。

きみのからだはもはや蠅からしか見えぬ　中烏健二《なかがらすけんじ》

『愛のフランケンシュタイン』という句集を持つ奇想派らしい句です。発話者はいったいだれなのでしょう。蠅からしか見えないという言語認識ができるのですから、蠅男と解釈すべきでしょうか。

〈死よりむごたらしいものに触れてゐた〉はいろいろと想像がふくらみます。怖い句ではありませんが、〈おまけにくれたひよこすぐ死ぬ月見草〉は愛惜すべき句。

袋からはみだしている悪意かな　久保《くぼ》純夫《すみお》

この悪意の像はさだかに結ぶことができません。どんなものを想像しても、おもむろに黒く塗りつぶされてしまうはずです。一方、〈涅槃《ねはん》に紐のひとつがはみ出して〉は形がはっきりと見えますが、今度は背景がおぼろにかすんでしまいます。

初期の〈木蓮よ「その白い魔女を風葬に」〉から、折にふれて異界の消息を伝えてきた俳人です。他に〈昼花火ときどきまじる骨の音〉〈四五人の鬼みて帰る葱畑〉など。

夢の裏、怪魚無数に口開く　富岡《とみおか》和秀《かずひで》

怪奇趣味の句が多い作者の得意技は読点の使用、〈夢遊病、切り裂きジャックのさすらう夜〉〈浮ぶ眼球、鳥がついばむ死後の夢〉〈狂人日誌、一億年の白紙はつづき〉などの作例があります。〈離人症　前頭葉に春は来て〉は一字空きのほうがしっくりきます。〈ギーガーの生み出す魔族霧の本質〉〈恋々と恐怖小説《ゴシックロマン》読む偏執狂《パラノ》〉〈ぽけっとの秘文字とりだす吸血鬼〉など、ほかにも偏った句が目白押し。

憤怒り
憤怒る
全身舌ののっぺらぼう

高原耕治《たかはらこうじ》

「いきどおる」でも「いかる」でも、読みはどちらでもいいでしょう。眼目は憤怒の主体です。俳句、いや、あらゆる文芸形式で表現されてきた怪物は無数にありますが、この「全身舌ののっぺらぼう」は一つの究極の姿ではないでしょうか。この世界の総体とはいかなるものか、脳漿を絞りつつ暗黒の思索を続けなければおそらく見えてこない恐ろしい姿です。

この旅／恐ろし／うみは　うみ噛み／そらは　そら噛み

ムンクの絵とも一脈通じる怖い風景です。海は海を、空は空を噛んでいるばかり。その外部の世界と何の関わりもなく歩んでいかなければならない旅人の孤独が胸に迫ります。

梟《ふくろう》の出てくる恐い話かな　仁平勝《にひらまさる》

俳句関係の評論家として著名な作者の、小技の効いた一句です。「恐い話」という匣《はこ》だけを提示して中を想像させる技法は小説にも先例がありますが、匣の中身として唯一示されるものが「梟」とは絶妙です。これが「褌《ふんどし》」だったら笑うしかありません。〈死神が春の踏切番に憑く〉のは悲惨な物語の序章。〈人形の頭に永き日がつまる〉〈だまし絵のなかに暮春のやうなもの〉は終わったあとの余白のようです。

波波波波波あ首波波　江里昭彦《えざとあきひこ》

ニューウェイヴ俳句の旗手と言われた作者らしい句。単行でヴィジュアルを表現した離れ業ですが、残像として心に刻まれるのは抜き手を切って泳ぐ者の首でしょうか。それとも、波間に漂う切断された首でしょうか。〈二枚舌だから　どこでも舐めてあげる〉は気色悪くも爆笑を誘います。定型に則った句も〈夕焼や空のどこかに挽肉機〉〈観瀑のひとりは濃ゆき地縛霊〉〈くち閉じて幽霊がみる道普請〉と一筋縄ではいきません。

小平次がまだ生きてゐる蚊帳の中　筑紫磐井《つくしばんせい》

大著『定型詩学の原理』などを持つ評論家兼俳人の一句はまさに江戸怪談ですが、それもそのはず、句集『婆伽梵』は日本史縦断の画期的な試みでした。ただし怪しく偏った光景が多く、〈美男見る簾の奥は鱗貌《うろこがほ》〉〈丑の刻参る素足の雨月夜〉〈しゃぼん玉伊勢屋で割れて不吉なり〉〈時雨宿娘にかます猿轡〉〈夜櫻に人牛《くだん》の通るお濠ばた〉〈柘榴屋敷で馬丁を責めし未亡人〉といった按配で、ひたすら楽しめます。

分かれゆく「我」ゆく路を見送れり　研生英午《みがきえいご》

永田耕衣の〈野菊道数個の我の別れ行く〉より事態は深刻かもしれません。路を見送っている主体はもう「我」ではないのですから。それかあらぬか、〈擦れちがふ影　仮面《われ》と思ひきや〉とさらに昏迷は深まり、ついにこんな光景に到達します。

千人の貌《われ》　往来《ゆきき》する冬野かな

統合を欠いた千人の貌の蹌踉たる歩み。おぞましくも寒々とした幻景です。

桜狩おそろしかったらおいでおとで　高澤晶子《たかざわあきこ》

恐ろしいのは桜の闇に潜む魔物でしょうか。それとも、〈わが内の鬼を呼び出し青嵐〉〈名は晶子魂の名は赤い薔薇〉と詠む声の主体でしょうか。〈妖怪ら野の満月に影殖やし〉〈春暁や異形のものの遠ざかり〉はストレートな恐怖句ですが、〈戦慄の午後木犀の匂いけり〉〈晩夏の椅子に仮面の残りおり〉などは謎の余韻が残ります。〈春の家闇のどこかで「ママ、起きて」〉も、家の中で何か不吉なことが起きていそうです。

白日傘幽霊坂に消えにけり　中原道夫《なかはらみちお》

幽霊坂は各所にある実在の地名です。その坂へ白い日傘を差した女が消えていったという、ただそれだけの写生句とも解釈できますが、作者は〈白魚のさかなたること略しけり〉などの機知の句で知られる人、「白日」に一本横棒を加えて「白目」にすれば、たちまち「幽霊」が抜け出してきます。〈寒卵割つて地獄の一丁目〉も雰囲気の出た句。〈櫂の先屍に触るる寒さとも〉〈暖冬の淵這ひあがる屍《し》のたぐひ〉と寒暖自在の屍も。

万緑のうしろを通る死者の声

山本左門《やまもとさもん》

あまりにも風景に陰りがないと、かえって現実感に欠けてくるものですが、そういった感覚を見事にとらえた句です。〈さへづりに取り囲まれてゐて怖し〉〈雛飾りしだいに怖ろしくなりぬ〉〈剝製の中の暗闇春の昼〉など、絢爛たるものの背後や裏面を見るまなざしは、この俳人の大きな美質でしょう。〈血を拭きし斧の匂ひの寒月光〉〈藁塚に凶暴なものみなぎれり〉〈春の夜の肉屋が吊るす肉の影〉などの嗅覚にも鋭いものがあります。

海避けて裏道とほる死者の夏

大屋達治《おおやたつはる》

生者たちでにぎわっている海を避けて、小暗がりのある裏道を死者はひっそりと通り過ぎていきます。いつかどこかで、そういう死者とすれ違っているかもしれません。〈仏壇に炎昼覗く小窓あり〉は生者のまなざしが死者のものにさりげなく入れ替わります。自らの名を詠みこんだ〈春や達治幽霊坂をのぼりくる〉はドッペルゲンガーとも解釈できるでしょう。〈卓上にあやめ溢れる縊死《くびつり》よ〉も忘れがたい光景。

他界より来てまた帰る生姜売り

藤原《ふじわら》月彦《つきひこ》

現在は歌人・藤原龍一郎として著名ですが、かつては出現それ自体が事件と言われた耽美派の俳人でした。〈乱歩忌の劇中劇のみなごろし〉〈土牢に老いて美貌の鉄仮面〉〈晩春の画布に魔少女・未青年〉などの絢爛たる数々の作品がありますが、ここでは地味な句を選んでみました。生姜の舌にぴりっとくる苦さが、この人生と現実に重ね合わされます。他界からやってくる実にリアルなマレビトです。

戸袋のからっぽの百物語

正木《まさき》ゆう子《こ》

〈戸袋より繰りだす朧・家霊など〉という句もあるように、戸袋には人知れず怪しいものが棲みついていそうです。からっぽであることそれ自体が百物語の一つであるような不思議な空間です。〈奇想来て去りぬ大ひまはりの前〉、いかにも奇想が来そうな場所ですが、その内容はどうやら戸袋の中にしまわれてしまったようです。ほかに〈化物は長生きからすうりのはな〉〈死を遠き祭のごとく蟬しぐれ〉など。

ゆくりなく／逢魔が時の／笛／太鼓　　林桂《はやしけい》

その音が本当に聞こえてきたら、もういけません。やがてその音色は〈神隠しの／少年少女の／胸の／麦笛〉に変わってしまうでしょう。彼らがいざなわれるのは〈山姫老いて／山百合／姫百合／隠れ鬼〉が潜む怪しい場所です。一歩ずつ深みへ分け入っていく多行俳句は、ほかに〈水底の／真昼に／棲んで／永久《とは》の蛭〉など。〈図書館の翳せまりつつ蟻地獄〉は多行になることを欲している単行句のように感じられます。

鏡より舌がでており秋の暮れ　　大西健司《おおにしけんじ》

房飾りなどの見立てかもしれませんが、字義どおりに解釈すると異様な光景です。また、そのシュールなニヒリズムは「秋の暮」という特異な季語にぴったりです。

青を基調とする、風の香りのする俳人。〈人柱ふとしろがねの海が鳴る〉〈骨壺からから風の四月の乳母車〉〈粥腹の死者のうえとぶ青畳〉などの怖い句にも、その持ち味が表れています。

豆を煮るときおり暗い人が出て　永末恵子《ながすえけいこ》

さりげない調子でそう言われると、鍋の中から本当に小さな「暗い人」が出てくるように感じられてきます。〈川明りして幽霊の足きれい〉も、ないとされている幽霊の足がきれいに見えてきます。不思議な感覚です。

〈たましいやもう冬蝶も来ぬあたり〉は取り残されたものの寂しさが胸に迫る句。〈フレームを出入りするたび少し死ぬ〉は何のフレームなのか、割り切れない不安が残ります。

揚花火死後は棘《とげ》出す人柱《ひとばしら》　夏石番矢《なついしばんや》

花火から力を得たかのように、かつて磔刑《たっけい》が行われた柱からおもむろに棘が出ます。危機的な美しさも持つ復活の光景です。〈天ハ固体ナリ山頂ノ蟻ノ全滅〉など、教育勅語の文体を踏まえた画期的な句集『真空律』にも強靱《きょうじん》なヴィジョンを有する句が多く含まれています。『現代俳句キーワード辞典』という優れた著作もあるので「血」に就けば、ほかに〈人の血を詰められし樽波に乗りぬ〉〈血を垂らす一丁目一番地の蛇口〉など。

どの地図も裏面は地底王国之図　木《き》村《むら》聡《とし》雄《お》

「之」の一文字が効いている奇想句です。地図をめくっているときに、ふっとこの句が浮かんできたりします。実際に「地底王国之図」が目の前に現れでもしたら、さぞや恐ろしいことでしょう。

〈鏡　よぎる幻影《ゴースト》おびき出せ　鏡〉も企みのある句。小鬼のささやきのような部分が印象に残ります。ほかに〈地下楼や魔神に届けたき句あり〉など。

隙間より雛の右目の見えてをり　小《あ》豆《ず》澤《きざわ》裕《ゆう》子《こ》

句集『右目』のタイトルにもなった句です。限られた隙間から覗くと、飾ってある雛の右目だけが見えます。では、見えない左目はどうでしょう。ひそかに瞬きをしていそうで、背筋がちりちりします。雛を詠んだ作品が三句目になってしまいましたが、これは絶対に外せない怖さです。怪しのものを露骨に出した〈月曜の何処かに悪魔時雨月〉〈元朝の懐に飼ふぬらりひょん〉は、いずれも時の設定が動きません。

恋人よ草の沖には草の鮫　小林恭二《こばやしきょうじ》

既述書のほかにも俳句関係の著作が何点もある小説家ですが、寡作ながら実作者としても優れた俳句があります。表題句はエロティシズムと恐怖が悦ばしく融合した不気味な作品。いるはずのない草の鮫（のようなもの）が、睦み合う恋人たちをひそかに見つめています。同じまなざしとして〈木の上の蛇が見てゐる絵日傘や〉。怪異の出現の仕方も〈風光る宇宙幽霊来て笑ふ〉〈海征かば無数の腕にしがみつかれ〉と多彩です。

遠からず／死は／眼裏《まなうら》に／眼を瞠《ひら》く　中里夏彦《なかさとなつひこ》

四行の多行俳句にふさわしい怖い句です。

ひそかに現れる病巣のように、実際の眼の裏で非在の眼を瞠《みひら》く死。四行目に配されているその薄いまなざしがリアルです。

ほかにも〈目をあけて／砂が／墜ちゆく／砂の中〉〈生前の／日が差す／睡魔／飼ひ馴らす〉など、どこかアンニュイな四行詩の精華《せいか》があります。

背泳ぎの空のだんだんおそろしく　石田《いしだ》郷子《きょうこ》

悦ばしい光景を詠んだ句のほうが断然多い、両親ともに俳人の祝福された作者ですが、それだけにこの背泳ぎの空の恐ろしさがリアルに伝わってきます。これはおそらく、背後に満ちている水が世界の形象を浮かびあがらせる原形質のものに触れているからでしょう。〈滅の字を見ておそろしき夜長かな〉はカレンダーの仏滅の「滅」でしょうか。これもたしかなまなざしです。

ぶらんこにのせてあげよう死ねるまで　櫂《かい》未《み》知子《ちこ》

ブランコを押しているときにそこはかとなく生じる加虐心を見事にとらえた一句です。短歌から転向してきた作者は、いままで俳句に詠まれなかったこういう昏い感情を盛りこむことに成功しました。

〈放火魔の目をして野火の一刹那〉などもそうですが、〈もう生まれなくとも良いと蝶に言ふ〉となると、感情の陰影は謎のままに残ります。

神父百人風船売りを取り囲む　深町一夫《ふかまちかずお》

一九九〇年以降はアンソロジー収録作も採り上げます。これは私のデビュー媒体でもあった「俳句空間」新鋭作家集『燦』で最も印象に残った句。

無垢なる風船売りを、顔の見えない百人の神父が無言で取り囲みます。共同体ひいては宗教的規範の怖さを静かな風景画のように提示した句です。逆に、〈後ろから前から上から下から蛇〉は想像したくない動きの光景。

鳥帰るテレビに故人映りつつ　岸本尚毅《きしもとなおき》

さりげなくてどこか気味の悪い光景です。帰る鳥は故人のたましいを運んでいるのでしょうか。〈百足虫《むかで》ゐる家のレコード回りをり〉もどこかで人が倒れていそうです。

倒れているといえば、〈なきがらの四方刈田となつてゐし〉。まずなきがらに焦点が当たり、まわりの刈田がゆるゆると広がっていきます。その面積が増えるにしたがって現実味が乏しくなっていくという不思議な風景です。

はうき星きのこのあたま腐り出す

西口昌伸《にしぐちしょうしん》

虚子の〈爛々《らんらん》と昼の星見え菌生え〉に触発されたとおぼしいきのこの句は、ほかにも〈彗星の尾が見えてきて菌に熱〉〈呪ひ終へきのこの熱をもらひけり〉などがあります。昼の星に呼応して菌が生成していく虚子の句とは対照的に、きのこはきのこであることに耐えかねたかのように半ば自爆的に腐っていきます。ほかに〈大遺影うすびかりして笑ふ夜〉〈哭くたびに徐々に冷たくなる手足〉など。

かあさんはぼくのぬけがらななかまど

佐藤成之《さとうなるゆき》

しばらく続いた競作集不在の時代の渇を癒すように、邑《ゆう》書林から毎年一冊ずつ刊行されているアンソロジーより。これは『超新撰21』で最も怖い句。作者のほかの句はわりと穏健なのですが、この句だけが突出して怖い。ななかまどを背景に立つ母の姿を見て、年齢不詳の子供が原罪めいた思いを抱きつつ「かあさんはぼくのぬけがら」という認識をする。そんな読みを施しても、なおえたいの知れない怖さが残る傑作です。

コレラコレラと回廊を声はしる

青山《あおやま》茂根《もね》

七五五の破調が切迫感を生む句です。発生を告げられた疫病はいつ治まるのでしょう。〈沈みゆく街とも知らず踊りけり〉は美と恐怖が幸福に結合した一句。正調怪談の〈かたちなきものも寄りくる煖炉かな〉から、意外な切り口の〈きんもくせいが洗脳の仕上げなら〉〈踏み外すとき邯鄲《かんたん》を聞いたはず〉、嗜虐趣味の〈毛虫には焔の羽根を与へむか〉まで、ほかにも多彩な句があります。

手まねきの猿《ましら》おそろし夕桜

杉山久子《すぎやまひさこ》

逆光で顔が見えない猿はどこへ招こうとしているのでしょう。ことによると、そこは進化とは逆の闇なのかもしれません。〈形代に描かれし口のおそろしき〉にも原形質のものに対する恐れが感じられます。〈人形の首の抜けゐる雁渡し〉〈水無月のゆらゆらつづく仮面劇〉〈黄落やこの世にいくつ鏡の間〉もひんやりとした手ざわりの句です。

木と生まれ組板となる地獄かな

山田《やまだ》耕司《こうじ》

ありふれた日常風景から発見された意外な地獄です。なるほど、木と生まれながら毎日包丁をたたきつけられる組板の身になってみれば、これは耐えがたい地獄かもしれません。法悦のない、哀しいだけの日常の地獄です。

〈肩車姿見にぼくの首が無い〉はペーソスの句と解釈するのが自然でしょうが、子をなすことによっていつしか首を無くしてしまうという存在の不安もまた感じられてきます。

麿《まろ》、変？

高山《たかやま》れおな

長い詞書きを持つ句ですが、これだけでも独立して鑑賞できる怪作です。最短の俳句とされる大橋裸木《らぼく》〈陽《ひ》へ病む〉と同じ四文字ですが、本句は実は十七音です。白塗りの謎の怪人が発する言葉の長い間「、」と気味の悪い笑いの余韻「？」も含めるとそうなるという離れ業です。新感覚の俳句〈総金歯の美少女のごとき春夕焼〉などを引っ提げて登場した作者からは次に何が飛び出すか、今後も目が離せません。

鏡ヨリ見知ラヌ我ノ迫リ来ル

関悦史《せきえつし》

怪奇幻想思弁不条理探偵劇とも称すべき連作「マクデブルクの館」より。ほかに〈晩餐ノ皿ニ各自ノウロボロス〉〈皿皿皿皿皿血皿皿皿皿〉〈肉食ノ階段ナレバ滑リ易シ〉などの楽しい諸作を含むこの奇怪な事件の真相は何か、ついにさだかな像は結ばれません。一転して、〈祖母がベッドに這ひ上がらんともがき深夜〉はリアルな怖さの介護俳句。気鋭の論客としても活躍しています。

府中の猫はこれは嘘だがぜんぶ片目

前島篤志《まえじまあつし》

「俳句空間」新鋭作家集の二冊目『燿』より厳選一句。「これは嘘だが」と前置きすることによって「府中の片目の猫」をありありと浮かびあがらせるマジックです。競馬場のある府中であるところがいやに真に迫っているのですが、どうしてこんなことを思いつくのでしょう。〈銀の活字五十銭今日は「な」を下さい〉も思わず絶句するような奇想。

絵踏みする女こっちを見てをりぬ　阪西敦子《さかにしあつこ》

日本伝統俳句協会新人賞を受賞した新鋭の一句。作りごとを含まない写生句でも、切り取り方によっては恐ろしいものが写ってしまいます。これは絵踏みを描いた絵の情景でしょうか。こちらを見ている女のまなざしを想像すると、実に嫌な気分になります。〈唐揚の影おそろしき涅槃かな〉も初めて発見された風景。怪しい影は唐揚の元になったものに変容していきそうです。〈春寒や壺に見られてゐる我ら〉もひんやりとして怖い。

ただならぬ闇にあやめの群がれり　冨田《とみた》拓也《たくや》

芝不器男俳句新人賞の記念すべき第一回の受賞者です。あやめの周りに闇が群がるのなら穏当ですが、あやめのほうが群がるのはまさにただならぬ事態です。〈頭蓋《とうがい》に漆黒の蛇黙しをり〉〈金雀枝《えにしだ》に零《こぼ》るる死者の吐息かな〉〈露落ちて殺意の如く煌《さら》めけり〉〈身の内の暗渠《あんきょ》を桜流れたり〉など、言葉と観念に傾いた正統派ですが、〈気絶して千年氷る鯨かな〉の奇想もあります。

暗檻ニ鵜ノ首ノビル十一時　御中虫《おなかむし》

こちらは第三回の受賞者（面妖な俳号ですが女性）。鵜飼いという物語の恩寵の場から遠く離れて、暗い檻に幽閉されている孤独な鵜の姿が胸を打つ句です。カタカナ表記が鵜「ノ」首を見事に浮かびあがらせています。〈台無しだ行く手を阻む巨大なこのくそいまいましい季語とか〉と言い放つ攻撃性は、〈じきに死ぬくらげをどりながら上陸〉などの冷ややかなまなざしを生みます。内に向けば〈手首切りました向日葵咲きました〉にも。

少女寝て人形起きてゐる朧　髙柳克弘《たかやなぎかつひろ》

〈ことごとく未踏なりけり冬の星〉で颯爽と登場した作者が描いた、朧の中の少し妖しい世界。少女を見守っている人形は、ひそかに瞬きをしていそうです。〈絵の中のひとはみな死者夏館〉も、舞台ががらんとした夏館であるだけに、絵に描かれた死者の目が人知れず動きそうです。もう一句、〈六月や蠟人形のスターリン〉も目が動きそうな存在感があります。〈春昼の卵の中に死せるもの〉は、未踏の星と通底しているかもしれません。

バスタブ洗ひつゝ人参の自生が怖い　外山一機《とやまかずき》

若手競作集復活の狼煙《のろし》となった『新撰21』より。

この俳句の主体はなぜバスタブを洗い、自生する赤い人参を恐れているのでしょう。人体を風呂場で解体し終えたあとの妙に静謐な光景を思い浮かべるのは私だけでしょうか。〈三面鏡のなかの二つは生家なり〉、もう一つの鏡に映っているのは何でしょう。〈凶年の大きな蟹が濡れてゐる〉、この蟹は不吉な笑いを浮かべていそうです。

うちのより隣のざくろがおそろしい　高遠朱音《たかとおあかね》

ここからは昭和六十年代生まれの俳人になります。

恐ろしさを詠んだ句はたくさんありますが、「想像」ならぬ「主観」をぽんと提出しただけのある種のすがすがしさは若書きならではかもしれません。〈足音に足音の影や晩夏〉は、顔の見えない影が現れたところで世界は不意に途切れてしまいます。〈水のない水槽が好き　ある日〉は無季句ですが、その水槽のたたずまいは俳句の定型のようです。

眼球のごとく濡れたる花氷

山口優夢《やまぐちゆうむ》

花氷というノスタルジックな季語を存分に虐待した一句。たしかに、氷の柱に入れられる花を黒目に見立てれば、氷は濡れている白目の部分に見えてくるかもしれません。〈台風や薬缶に頭蓋ほどの闇〉も、内なるものに対するまなざしの鋭さが感じられます。そういえば、いまのところの代表句に〈心臓はひかりを知らず雪解川〉がありますが、心臓もまた内なるものなのでした。

無人駅にころがるつぶれたランドセルの記憶

種田《たねだ》スガル

『超新撰21』の公募枠当選作より。

種田山頭火の血縁を継ぐ作者が提出したリアルで怖い風景を末尾に置きます。「そっくり一つ棄ててある想像」（阿部《あべ》青鞋《せいあい》）ならまだ楽しいものも含まれているでしょうが、このランドセルの記憶はいかにも幸が薄そうです。〈とうとうと鮮血流れ　虚構の自分さえ笑う〉粗削りな試みは、今後どのような風景を見せてくれるのでしょうか。

あとがき

「怖い俳句」というテーマで芭蕉から現代俳人までたどる――これは考えていたよりはるかに難事業でした。リストに記した句集ばかりでなく、数え切れないほど多くの句集に目を通しましたが、残念ながら怖い俳句が見当たらず、採用できなかった俳人も少なからずいました。機会があれば、いずれべつのテーマで採り上げてみたいと思っています。

また、肝心の怖い俳句も、漏らしてしまった俳人や俳句が多々あろうかと存じます。チェックしていても目の前を流れていってしまった大魚もあるでしょう。まずは採れなかった、どこかにまだたくさん存在するだろう怖い俳句たちに、心よりおわびを申し上げます。

俳句が超多面体とすれば、怖い俳句はささやかな一面にすぎません。もちろん、個々の俳人にとってもそうです。本書の収録句に興味を引かれた方は、ぜひテキストを繙《ひもと》いて、俳人のべつの面を発見していただきたいと思います。

さて、現在の「怖い俳句」シーンについて概観してみましょう。

怖い俳句だけを作るネット句会「猟奇の句」というものがソーシャルネットワーキングの片隅でひそかに活動しています。「式」「弦」「採」などのお題に対して「発狂の妻抱く夏の方程式（裏邪）」「隻腕の美姫十三弦の疼きかな（らく乃）」「採掘跡に鬼が隠れる十三夜（大外）」といった句を各人が提出する好事家の遊びで、これは極北と言えましょう。

一方、対照的なごく普通の俳句結社の句会でも、あるいは無所属の俳人の頭の中でも、怖い俳句は人知れず生成されているはずです。たとえ俳人が意識しなくても、時として怖い俳句が生まれてくる。それが俳句という世界最短詩型の魔力の一つなのです。

俳句のテキストは作者を超え、未知なる読者の前に開かれています。それぞれの俳句には私なりの読みを施しましたが、引用句にまた新たな色を塗って楽しんでいただければ幸いです。本文中にも記しましたが、本書が読者にとっての「初めの一冊」、もしくはバトンのようなものになれば、著者としてはこれにまさる喜びはありません。

最後に、俳句文学館、国立国会図書館、東京都立中央図書館などの図書館施設、並びに、「怖い俳句」というテーマを与えてくださった幻冬舎の志儀保博さんに謝意を表します。

二〇一二年春　　倉阪鬼一郎

表題句引用文献一覧

第一章

中村俊定校注『芭蕉俳句集』（岩波書店）／柴田宵曲『俳諧随筆　蕉門の人々』（岩波書店）／柴田宵曲『新編俳諧博物誌』（岩波書店）／柴田宵曲『古句を観る』（岩波書店）／加藤郁乎『江戸俳諧歳時記』（平凡社）／尾形仂校注『蕪村俳句集』（岩波書店）／『鏡花全集』（岩波書店）／『子規全集』（講談社）

第二章

『高濱虛子集』（朝日新聞社）／『飯田蛇笏全句集』（角川書店）／『原石鼎全句集』（沖積舎）／『定本普羅句集』（辛夷社）／『阿波野青畝全句集』（花神社）／『素十全句集』（永田書房）／『たかし全集』（笛発行所）／『島村元句集』（私家版）／『季題別山口誓子全句集』（本阿弥書店）／『定本中村草田男全句集』（集英社）／『加藤楸邨集』（朝日新聞社）／『定本石田波郷全句集』（創元社）

第三章

『日野草城全句集』（沖積舎）／『縷々句集』（私家版）／『篠原鳳作全句文集』（沖積舎）／『片山桃史集』（南方社）／『井上白文地遺集』（永田書房）／『小澤青柚子集』（八幡船社）／『西東三鬼全句集』（沖積舎）／『富澤赤黄男全句集』（書肆林檎屋）／『渡邊白泉全句集』（沖積舎）／『高屋窓秋全句集』（ぬ書房）／阿部青鞋『火門集』（八幡船社）／『平畑静塔全句集』（沖積舎）／『秋元不死男全句集』（角川書店）／『鈴木六林男全句集』（鈴木六林男全句集刊行委員会）／『三谷昭全句集』（俳句評論社）／『波止影夫全句集』（文琳社）／『三橋敏雄全句集』（立風書房）

第四章

『東洋城全句集』（海南書房）／安藤和風『仇花』（私家版）／『内藤吐天遺句全集』（内藤吐天遺句全集刊行会）／『山口草堂全句集』（花神社）／『相生垣瓜人全句集』（角川書店）／『永田耕衣俳句集成　而今』（沖積舎）／『橋閒石全句集』（沖積舎）／『定本加藤かけい俳句集』（環礁俳句会）／『下村槐太全句集』（俳童洞書林）／『橋本鶏二全句集』（角川書店）／『相馬遷子全句集』（相馬遷子記念刊行会）／『齋藤玄全句集』（永田書房）／『野見山朱鳥全句集』（牧羊社）／『能村登四郎全句集』（ふらんす堂）／『石原八束全句集』（角川書店）／『森澄雄　飯田龍太集』（朝日新聞社）／『新編飯田龍太読本』（富士見書房）／眞鍋呉夫句集『定本　雪女』（邑書林）／『平井呈一句集』（無花果会）／『増補楠本憲吉全句集』（沖積舎）／藤岡筑邨『海鼠の夢』（ふらんす堂）／『星野紗一全句集』（東京四季出版）／『小川双々子全句集』（沖積舎）／『岡井省二全句集』（角川書店）／八田木枯『天袋』（角川書店）／『宇佐美魚目作品集』（本阿弥書店）

第五章

火渡周平『匠魂歌』（深夜叢書社）／『神生彩史定本句集』（白堊俳句会）／『定本吉岡禅寺洞句集』（定本吉岡禅寺洞句集刊行会）／『金子兜太集』（筑摩書房）／『佐藤鬼房全句集』（邑書林）／『堀葦男句集』（海程戦後俳句の会）／『島津亮句集』（海程戦後俳句の会）／『上月章句集』（私家版）／『林田紀音夫全句集』（富士見書房）／『赤尾兜子全句集』（立風書房）／『伊丹三樹彦全句集』（沖積舎）／『高柳重信全集』（立風書房）／坂戸淳夫『異形神』（騎の會）／大原テルカズ『黒い星』（芝火社）

第六章

宇多喜代子・黒田杏子編『女流俳句集成』（立風書房）／『定本　竹下しづの女句文集』（星書房）／『杉田久女全集』（立風書房）／『橋本多佳子全句集』（立

風書房）／『三橋鷹女全句集』（立風書房）／『清水径子全句集』（らんの会）／『栗林千津句集』（ふらんす堂）／『中村苑子句集』（立風書房）／『現代一〇〇名句集』（東京四季出版）／川村蘭太『しづ子　娼婦と呼ばれた俳人を追って』（新潮社）／『桂信子全句集』（ふらんす堂）／中尾寿美子『草の花』（牧羊社）／『横山房子全句集』（角川書店）／松岡貞子『桃源』（端溪社）／『津田清子』（花神社）／『野澤節子』（花神社）／『飯島晴子全句集』（富士見書房）／河野多希女『花の韻』（沖積舎）／『鷲谷七菜子作品集』（本阿弥書店）／寺井文子『弥勒』（草苑発行所）／『八木三日女全句集』（沖積舎）／『澁谷道句集』（ふらんす堂）

第七章

『碧梧桐全句集』（蝸牛社）／荻原井泉水『長流』（層雲社）／『尾崎放哉全句集』（ちくま文庫）／『山頭火全句集』（春陽堂書店）／『冬海―中塚一碧楼全句集―』（海紅社）／上田都史・永田龍太郎編『明治・大正・昭和　自由律俳句作品史』（永田書房）／『住宅顕信全俳句集全実像―夜が淋しくて誰かが笑いはじめた』（小学館）／『時実新子全句集』（大巧社）／『石部明集』（邑書林）／『草地豊子集』（邑書林）／『広瀬ちえみ集』（邑書林）／『樋口由紀子集』（邑書林）／小池正博『水牛の余波』（邑書林）

第八章

『津沢マサ子俳句集成』（深夜叢書社）／東川紀志男『胸の樹』（現代俳句協会）／『沼尻巳津子句集』（ふらんす堂）／柿本多映『蝶日』（富士見書房）／『阿部完市俳句集成』（沖積舎）／『志摩聰全句集』（夢幻航海社）／福田葉子『今は鷗』（俳句評論社）／『加藤郁乎俳句集成』（沖積舎）／『野田誠全句集』（沖積舎）／高橋龍『病謀』（騎の會）／『河原枇杷男全句集』（序曲社）／『有馬朗人』（花神社）／酒井破天『いまも蓬髪』（林苑発行所）／中北綾子『山上祭礼』（端溪社）／岩片仁次『夢村大字蟬時雨』（夢幻航海社）／小泉八重子『水霏』（湯川書房）／小宮山遠『第七氷河期』（帆前船社）／鈴木茂雄「現代俳句アンソロ

ジー」(ウェブサイト)／『平井照敏句集』(砂子屋書房)／馬場駿吉『薔薇色地獄』(湯川書房)／乾燕子『放浪闊歩』(卯辰山文庫)／『上田五千石全句集』(富士見書房)／桑原三郎『俳句物語』(現代俳句協会)／『大橋嶺夫句集』(海程新社)／折笠美秋『君なら蝶に』(立風書房)／『宇多喜代子句集』(ふらんす堂)／寺山修司『花粉航海』(深夜叢書社)／池田澄子『ゆく船』(ふらんす堂)／石川雷児『夏樫』(牧羊社)／『増補安井浩司全句集』(沖積舎)／『大岡頌司全句集』(浦島工作舎)／豊口陽子『花象』(私家版)／秦夕美『深井』(ふらんす堂)／『齋藤愼爾全句集』(河出書房新社)／竹中宏『饕餮』(牧羊社)／角川春樹『信長の首』(牧羊社)／徳弘純『褶曲』(竹林館)／『寺井谷子句集』(ふらんす堂)／鳴戸奈菜『天然』(深夜叢書社)／『坪内稔典句集〈全〉』(沖積舎)／志賀康『返照詩韻』(風蓮舎)

第九章

『攝津幸彦全句集』(沖積舎)／『西川徹郎全句集』(沖積舎)／宮入聖『聖母帖』(書肆季節社)／『山﨑十生句集』(ふらんす堂)／『大井恒行句集』(ふらんす堂)／高岡修『幻象学』(ジャプラン)／中烏健二『愛のフランケンシュタイン』(書肆季節社)／久保純夫『光悦』(草子舎)／富岡和秀『魔術の快楽』(ワイズ出版)／高原耕治『虚神』(沖積舎)／仁平勝『黄金の街』(ふらんす堂)／江里昭彦『ラディカル・マザー・コンプレックス』(南方社)／筑紫磐井『婆伽梵』(弘栄堂書店)／研生英午『水の痕』(沖積舎)／『高澤晶子句集』(砂子屋書房)／中原道夫『緑廊《パーゴラ》』(角川学芸出版)／山本左門『星蝕』(ふらんす堂)／大屋達治『絵詞』(牧羊社)／藤原月彦『王権神授説』(深夜叢書社)／『正木ゆう子集』(邑書林)／林桂『黄昏の薔薇』(静地社)／大西健司『海の少年』(木の会)／永末恵子『借景』(航跡舎)／『夏石番矢全句集　越境紀行』(沖積舎)／木村聡雄『いばら姫』(ふらんす堂)／小豆澤裕子『右目』(邑書林)／小林恭二『実用青春俳句講座』(福武書店)／中里夏彦『流寓のソナタ』(鬣の会)／石田郷子『秋の顔』(ふらんす堂)／『櫂未知子集』(邑書林)／『燦』(弘栄堂書店)／『岸本尚毅集』(邑書林)／西口昌伸『羽音』(現代俳句協会青年部)／『超新撰21』(邑書林)／青山茂根『ＢＡＢＹＬＯＮ』(ふらんす堂)／杉山久子『鳥と歩く』(ふらんす堂)／山田耕司『大風呂敷』(大風呂敷出版局)／高山れおな『荒東雑詩』(沖積舎)／関悦史『六十億本の回転する曲がった棒』(邑書

林）／『燿』（弘栄堂書店）／『俳コレ』（邑書林）／冨田拓也『青空を欺くために雨は降る』（愛媛県文化振興財団）／御中虫『おまへの倫理崩すためなら何《なん》度《ぼ》でも車椅子奪ふぜ』（愛媛県文化振興財団）／高柳克弘『未踏』（ふらんす堂）／『新撰21』（邑書林）／高遠朱音『ナイトフライヤー』（ふらんす堂）／山口優夢『残像』（角川学芸出版）／『超新撰21』（邑書林）

参考文献一覧

歳時記・辞典・事典

＊多く参照したもののみ記載

『合本俳句歳時記　第四版』（角川学芸出版）／現代俳句協会編『現代俳句歳時記』（学習研究社）／角川春樹編『現代俳句歳時記』（角川春樹事務所）／『俳句研究』別冊『現代俳句辞典　第二版』（富士見書房）／『現代俳句大事典』（三省堂）

叢書

＊全巻もしくは多くを参照したもののみ記載

『現代俳句の世界』全十六巻（朝日新聞社）／『現代一〇〇名句集』全十巻（東京四季出版）／『鑑賞女性俳句の世界』全六巻（角川学芸出版）／『現代女流俳句全集』全六巻（講談社）／『現代俳句文庫』（ふらんす堂）／『花神コレクション（俳句）』（花神社）／『私版・短詩型文学全書』（八幡船社）／『セレクション俳人』（邑書林）／『セレクション柳人』（邑書林）

表題句以外の句集

＊俳句の引用があるもののみ記載（参照のみはすべて省略）

第二章

阿部青鞋選集『俳句の魅力』（沖積舎）／阿部青鞋『続・火門集』（八幡船社）／阿部青鞋『ひとるたま』（現代俳句協会）

第四章

『只今　永田耕衣続俳句集成』（湯川書房）／眞鍋呉夫『月魄』（邑書林）／『藤岡筑邨句集』（ふらんす堂）／藤岡筑邨『海近く』（東京四季出版）／藤岡筑邨『冬の蟻』（りんどう俳句会）／八田木枯『於母影帖』（端溪社）／八田木枯『鏡騒』（ふらんす堂）

第五章

坂戸淳夫『束刑』（俳句評論社）／坂戸淳夫『苦艾』（俳句評論社）／坂戸淳夫『艸衣集』（端溪社）／坂戸淳夫『影異聞』（騎の會）／坂戸淳夫『彼方へ』（騎の會）

第六章

中村苑子『吟遊』（角川書店）／中尾寿美子『老虎灘』（深夜叢書社）／中尾寿美子『新座』（私家版）

第七章

荻原井泉水『原泉』（層雲社）／河本緑石『荒海の屋根屋根』（層雲社）／『郷土出身文学者シリーズ　河本緑石』（鳥取県立図書館）／『小池正博集』（邑書林）

第八章

柿本多映『夢谷』（書肆季節社）／柿本多映『白體』（花神社）／柿本多映『花石』（深夜叢書社）／福田葉子『複葉機』（俳句研究新社）／福田葉子『冥宮周遊』（書肆麒麟）／福田葉子『蟬頌』（花神社）／高橋龍『草上船和讃』（端溪社）／高橋龍『翡翠言葉』（俳句研究新社）／高橋龍『悪封』（騎の會）／高橋龍『後南朝』（九有似山洞）／高橋龍『異論』（天主公教会出版部）／有馬朗人『不稀』（角川書店）／中北綾子『水上彌撒』（端溪社）／小泉八重子『幻花』（本阿弥書

店）／小宮山遠『黒鳥傳説』（創栄出版）／馬場駿吉『断面』（昭森社）／馬場駿吉『夢中夢』（書肆風の薔薇）／桑原三郎『龍集』（端渓社）／桑原三郎『不断』（ふらんす堂）／『宇多喜代子』（花神社）／宇多喜代子『象』（角川書店）／池田澄子『拝復』（ふらんす堂）／安井浩司『空なる芭蕉』（沖積舎）／豊口陽子『睡蓮宮』（沖積舎）／豊口陽子『藪姫』（風蓮舎）／秦夕美『恋獄の木』（冬青社）／秦夕美『孤舟』（文學の森）／齋藤愼爾『永遠と一日』（思潮社）／竹中宏『アナモルフォーズ』（ふらんす堂）／角川春樹『流され王』（牧羊社）／徳弘純『レギオン』（現代書房）／徳弘純『麦のほとり』（現代書房）／鳴戸奈菜『月の花』（ふらんす堂）／鳴戸奈菜『微笑』（毎日新聞社）／志賀康『山中季』（風蓮舎）

第九章

宮入聖『千年』（冬青社）／高岡修『透死図法』（ジャプラン）／『久保純夫句集』（ふらんす堂）／富岡和秀『テレパッスウル』（白地社）／仁平勝『東京物語』（弘栄堂書店）／江里昭彦『ロマンチック・ラブ・イデオロギー』（弘栄堂書店）／江里昭彦『クローン羊のしずかな瞳』（砂子屋書房）／高澤晶子『レクイエム』（深夜叢書社）／中原道夫『天鼠』（沖積舎）／『中原道夫集』（邑書林）／山本左門『殉教』（ふらんす堂）／大屋達治『繍鸞』（鳥火屋文庫）／藤原月彦『貴腐』（深夜叢書社）／林桂『銅の時代』（牧羊社）／林桂『風の國』（ふらんす堂）／大西健司『未完の海』（赫の会）／大西健司『海の翼』（木の会）／大西健司『群青』（花神社）／永末恵子『ゆらのとを』（ふらんす堂）／永末恵子『発色』（白燕発行所）／木村聡雄『彼方』（邑書林）／石田郷子『木の名前』（ふらんす堂）／高山れおな『ウルトラ』（沖積舎）

アンソロジー

塚本邦雄『百句燦々』（講談社）／塚本邦雄『俳句への扉』全三巻（毎日新聞社）／宗田安正編『現代俳句集成』（立風書房）／宇多喜代子・黒田杏子編『女流俳句集成』（立風書房）／夏石番矢『現代俳句キーワード辞典』（立風書房）／平井照敏編『現代の俳句』（講談社）／『最初の出発』全四巻（東京四季出版）／

正木ゆう子『現代秀句』（春秋社）／阿部青鞋編『現代名俳句集』（教材社）

俳句評論と周辺書

鶴岡善久『超現実と俳句』（沖積舎）／松林尚志『俳句に憑かれた人たち』（沖積舎）／松林尚志『現代秀句』（沖積舎）／川名大『挑発する俳句　癒す俳句』（筑摩書房）／川名大『現代俳句』上下（筑摩書房）／宗左近『新版さあ現代俳句へ』（東京四季出版）／飯島耕一『俳句の国徘徊記』（書肆山田）／堀本吟『霧くらげ何処へ』（深夜叢書社）／筑紫磐井『飯田龍太の彼方へ』（深夜叢書社）／林桂『俳句・彼方への現在』（詩学社）／仁平勝『秋の暮』（沖積舎）／小林恭二『実用青春俳句講座』（福武書店）／俳魔神の会編『悪魔の俳句辞典』（邑書林）／小池正博『蕩尽の文芸』（まろうど社）／樋口由紀子『川柳×薔薇』（ふらんす堂）／冨田拓也「俳句九十九折」（ウェブサイト「―俳句空間―豈weekly」連載）

俳句以外

ジャック・サリヴァン編／高山宏・風間賢二監修『幻想文学大事典』（国書刊行会）／『日本の名著22　杉田玄白　平賀源内　司馬江漢』（中央公論社）／『夢野久作全集』（三一書房）／『葛原妙子歌集』（国文社）／中澤系歌集『uta 0001.txt』（雁書館）／斎藤史歌集『遠景』（短歌新聞社）／『ヴィルヘルム・ハンマースホイ　静かなる詩情展覧会図録』（日本経済新聞社）／椹木野衣『反アート入門』（幻冬舎）

ウェブサイト

「―俳句空間―豈weekly」／国立国会図書館資料検索

幻冬舎新書 268

怖い俳句

二〇一二年七月三十日 第一刷発行
二〇一九年八月 十 日 第二刷発行

著者 倉阪鬼一郎

発行人 見城 徹
編集人 志儀保博
発行所 株式会社 幻冬舎
〒一五一-〇〇五一 東京都渋谷区千駄ヶ谷四-九-七
電話 〇三-五四一一-六二一一(編集)
〇三-五四一一-六二二二(営業)
振替 〇〇一二〇-八-七六七六四三
ブックデザイン 鈴木成一デザイン室
印刷・製本所 中央精版印刷株式会社

Printed in Japan ISBN978-4-344-98269-7 C0295
く-5-1
幻冬舎ホームページアドレス https://www.gentosha.co.jp/
*この本に関するご意見・ご感想をメールでお寄せいただく場合は、comment@gentosha.co.jp まで。